Bauernmoral

Octave Mirbeau

Impressum

Autor: Octave Mirbeau
Umschlagkonzept: toepferschumann, Berlin

Verlag: tradition GmbH, Hamburg
ISBN: 978-3-8424-1127-2
Printed in Germany

Tucholsky Wagner Zola Scott Sydow Freud Schlegel
Turgenev Wallace Fonatne

Twain Walther von der Vogelweide Fouqué Friedrich II. von Preußen
Weber Freiligrath

Fechner Fichte Weiße Rose von Fallersleben Kant Ernst Frey
Richthofen Frommel

Engels Fielding Hölderlin
Fehrs Faber Flaubert Eichendorff Tacitus Dumas

Maximilian I. von Habsburg Fock Eliasberg Zweig Ebner Eschenbach
Feuerbach Ewald Eliot Vergil

Goethe Elisabeth von Österreich London
Mendelssohn Balzac Shakespeare Dostojewski Ganghofer
Lichtenberg Rathenau Doyle Gjellerup
Trackl Stevenson Hambruch
Mommsen Tolstoi Lenz Hanrieder Droste-Hülshoff
Thoma von Arnim Hägele Hauff Humboldt
Dach Verne Reuter Rousseau Hagen Hauptmann Gautier
Karrillon Garschin
Damaschke Defoe Hebbel Baudelaire
Descartes Hegel Kussmaul Herder
Wolfram von Eschenbach Schopenhauer
Bronner Darwin Dickens Rilke George
Melville Grimm Jerome
Campe Horváth Aristoteles Bebel Proust
Bismarck Vigny Barlach Voltaire Federer Herodot
Gengenbach Heine
Storm Casanova Tersteegen Grillparzer Georgy
Chamberlain Lessing Langbein Gilm
Brentano Gryphius
Strachwitz Claudius Schiller Lafontaine
Katharina II. von Rußland Schilling Kralik Iffland Sokrates
Bellamy
Gerstäcker Raabe Gibbon Tschechow
Löns Hesse Hoffmann Gogol Wilde Gleim Vulpius
Luther Heym Hofmannsthal Klee Hölty Morgenstern
Roth Heyse Klopstock Kleist Goedicke
Luxemburg Puschkin Homer Mörike
La Roche Horaz Musil
Machiavelli Kierkegaard Kraft Kraus
Navarra Aurel Musset Lamprecht Kind Kirchhoff Hugo Moltke
Nestroy Marie de France
Nietzsche Nansen Laotse Ipsen Liebknecht
Marx Lassalle Gorki Klett Ringelnatz
von Ossietzky May vom Stein Lawrence Leibniz
Petalozzi Irving
Platon Knigge
Sachs Poe Pückler Michelangelo Kock Kafka
Liebermann Korolenko
de Sade Praetorius Mistral Zetkin

Der Verlag tradition aus Hamburg veröffentlicht in der Reihe **TREDITION CLASSICS**
Werke aus mehr als zwei Jahrtausenden. Diese waren zu einem Großteil vergriffen
oder nur noch antiquarisch erhältlich.

Symbolfigur für **TREDITION CLASSICS** ist Johannes Gutenberg (1400 — 1468),
der Erfinder des Buchdrucks mit Metalllettern und der Druckerpresse.

Mit der Buchreihe **TREDITION CLASSICS** verfolgt tradition das Ziel, tausende
Klassiker der Weltliteratur verschiedener Sprachen wieder als gedruckte Bücher
aufzulegen – und das weltweit!

Die Buchreihe dient zur Bewahrung der Literatur und Förderung der Kultur.
Sie trägt so dazu bei, dass viele tausend Werke nicht in Vergessenheit geraten.

Text der Originalausgabe

Text der Originalausgabe

Octave Mirbeau

Bauernmoral

1902

Octave Mirbeau

Bauernmoral

Einzig autorisierte Übersetzung aus dem
Französischen

2. Auflage

Wiener Verlag
1902

Bauernmoral

Der Friedensrichter hatte im Stadthause zu ebener Erde ein Zimmer inne, das direkt auf den Platz hinausging. Der kahle, viereckige Raum mit den weißgetünchten Wänden war in der Mitte durch eine Art Ballustrade geteilt, welche, je nachdem, den Klägern, bei großen Prozessen den Advocaten oder auch den Neugierigen als Sitzbank diente. Im Grunde des Zimmers, auf einem niedrigen, schlecht gefügten Bretterpodium, standen drei Tische vor drei kleinen Sesseln; der mittlere davon war für den Herrn Richter, der zur Rechten für den Herrn Schreiber, der zur Linken für den Herrn Amtsdiener bestimmt.

An der Wand dahinter machte ein Christusbild in lange verblaßtem Goldrahmen, von Fliegen ganz besudelt, ein recht klägliches Gesicht. Das war die ganze Szenerie.

Als ich eintrat, hielt man schon mitten in den »Amtshandlungen«. Der Saal war voll von Bauern, die sich auf ihre eschenen Stecken mit schwarzen Lederriemen stützten, und von Bäuerinnen mit schweren Marktkörben, aus denen unter dem Deckel rothe Hahnenkämme, gelbe Schnäbel von Enten und die Ohren von Kaninchen hervorguckten. Das strömte einen starken Stallgeruch aus. Der Friedensrichter, ein kleiner, kahlköpfiger Mensch mit glattem, röthlichem Gesicht, in einem Rock von schmierigem Zeug, lauschte mit großer Andacht dem Vortrag einer alten Frau, die innerhalb des Schrankens stand. Sie begleitete jedes ihrer Worte mit ausdrucksvollen und wüthenden Gesten. Der Schreiber, ein haariger, aufgedunsener Mensch, ließ den Kopf über den gekreuzten Armen auf den Tisch sinken; er schien zu schlafen. Ihm gegenüber kritzelte der sehr magere, sehr bärtige und sehr beschmierte Diener irgend etwas auf einem Stoß fettiger Aktenpapiere.

Das alte Weib schwieg nun.

»Ist das Alles?« fragte der Friedensrichter.

»Wie meinen, Herr Richter?« gab die Gefragte zurück und streckte ihren Hals vor, der so runzelig war wie eine Hühnerkralle.

»Ich frage, ob Sie fertig sind mit dem Geschwätz von Ihrer Mauer?« antwortete der Mann des Gesetzes mit erhobener Stimme.

»Mein Gott ja, Herr Richter – das heißt, entschuldigen, die Geschichte ist so: Die fragliche Mauer, an welcher Jean-Baptiste Macé immer seine ....«

Sie wollte ihre Litanei von vorne hersagen, doch der Richter unterbrach sie.

»Genug, genug, es ist gut, Martine. Schreiber! Man soll den Mann vorladen!«

Der Schreiber hob langsam den Kopf und zog eine fürchterliche Grimasse.

»Schreiber,« wiederholte der Richter, »vorladen! Notieren Sie ....«

Und er zählte an den Fingern: »Dienstag. Wir werden ihn für Dienstag vorladen .... Ha, am Dienstag. Der Nächste!«

Der Schreiber blinzelte mit den Augen, besah ein Blatt Papier, dann ließ er seinen Finger auf dem Papier von unten nach oben laufen, machte plötzlich halt und schrie:

»Gatelier *contra* Rousseau! Ist Gatelier hier und Rousseau auch?«

»Hier!« rief eine Stimme.

»Da bin ich!« rief eine andere Stimme.

Zwei Bauern erhoben sich, traten vor die Schranken und stellten sich linkisch dem Friedensrichter gegenüber, der die Arme über den Tisch streckte und die schwieligen Hände ineinanderlegte.

»Also los, Gatelier! Was giebts denn schon wieder, mein Sohn?«

Gatelier wiegte sich hin und her, wischte sich den Mund mit dem Handrücken, sah nach rechts, nach links, kratzte sich am Kopf, spie aus, dann verschränkte er die Arme und sagte endlich:

»Also die Sache ist die, Herr Richter: Ich gehe vom Markt in Saint-Michel nachhause mit der Gatelier, was meine Frau ist, und mit Rousseau; wir drei zusammen. Ich hatte zwei Kälber verkauft und ein Schwein, mit Respekt zu melden, und da hatten wir, weiß Gott, hübsch was getrunken. Wir gehen also bei sinkender Nacht heimwärts. Ich sang, Rousseau machte Dummheiten mit meiner

Frau, und meine Frau sagte allemal zu ihm: Hör' doch auf, Rousseau! Herrgott, bist du dumm, bist du kindisch!«

Er wandte sich zu Rousseau um und fragte: »Ist das wahr, oder nicht?«

»Ja, das ist wahr« antwortete Rousseau.

»Auf dem halben Weg«, fuhr Gatelier nach kurzem Schweigen fort, »da geht meine Frau auf einmal den Rasenabhang hinauf und steigt über die kleine Hecke, wo der breite Graben dahinter ist. Wo gehst du hin? sag ich. Ich geh' auf die Seite, sagt sie mir. Gut, sag' ich, und wir machen unsern Weg weiter, Rousseau und ich. Nach ein paar Schritten, da geht Rousseau auf einmal den Rasen hinauf und steigt über die kleine Hecke, wo der breite Graben dahinter ist. Wo gehst du hin? sag' ich. Ich geh' auf die Seite, sagt er mir. Gut, sag' ich, und mach' meinen Weg weiter.«

Er drehte sich wieder zu Rousseau um und fragte: »Ist das wahr oder nicht?«

»Ja, das ist wahr,« antwortete Rousseau.

»Also ich mach' meinen Weg weiter,« fuhr Gatelier fort. »Ich geh' und geh' und geh'. Dann später dreh' ich mich um. Niemand ist auf der Straße zu sehen. Denk ich mir: das ist komisch! wo bleiben denn die? und gehe ein Stück zurück. Das dauert lang, sag' ich zu mir. Wir haben hübsch was getrunken, das ist schon wahr, aber es dauert doch zu lang. So komme ich dorthin, wo Rousseau den Rasen hinaufgegangen war und steige auch über die Hecke. Himmelherrgott! sag' ich, da ist ja Rousseau mit meiner Frau! Pardon, entschuldigen, Herr Richter, aber so wie ich spreche, so ist es.«

Im Publicum wurde da und dort Gelächter laut, aber Gatelier gab darauf gar nicht acht, sondern setzte fort: »Rousseau war also dort mit meiner Frau, mit Respekt zu sagen, und er zappelte im Graben herum, nein, das war schon zu komisch anzuseh'n, wie er zappelte, der verfluchte Rousseau! Ah, der Lump! der Schmutzian! der Thunichtgut! He, Bursch, schrei' ich von oben herunter, he, Rousseau! ja hör' doch auf, du Vieh, hör' auf! Aber das war ganz umsonst. So oft ich ihm auch sagte, er soll aufhören, er zappelte immer noch stärker, der Kerl. Da steig' ich also in den Graben hinunter, packe Rousseau bei seiner Blouse und ziehe, was ich kann. Lass mich! sagt er mir. So lass' ihn doch .... sagt mir meine Frau. Ja, wenn du mich in Ruh' läßt, fängt er wieder an, so geb' ich dir einen halben Louis, hörst du, einen halben Louis!

Ich lass' jetzt seine Blouse los und sage: Einen halben Louis? Ist das wirklich wahr? – Wirklich wahr! – Du schwörst es? – Ich schwör' es! – Gib ihn gleich her! – Nein, erst nachher. – Also gut, nachher. Und ich gehe wieder auf die Landstraße zurück.«

Zum drittenmal nahm Gatelier den Rousseau zum Zeugen.

»Ist das wahr oder nicht?«

»Ja, das ist wahr,« antwortete Rousseau.

Im stolzen Bewußtsein seines Rechtes sprach Gatelier mit erhobener Stimme weiter:

»Sie verstehen mich, Herr Richter, Sie verstehen mich wohl! Es war versprochen und beschworen! Er kommt also nachher mit meinem Weib wieder auf die Landstraße, wo ich mich hingesetzt habe, um die Zwei zu erwarten. Na, und mein Geld? frage ich. – Morgen, morgen, sagt er, jetzt hab' ich nicht einmal einen Heller bei mir. – Das war natürlich erlogen, es hätte aber auch wahr sein können. Ich red' also nichts, und wir gehen unseren Weg zusammen weiter, ich und meine Frau und Rousseau. Ich sang, Rousseau machte Dummheiten mit meiner Frau, und meine Frau sagte allemal: So hör' doch auf, Rousseau! Herrgott, bist du dumm, bist du kindisch! – Wie wir auseinandergehen, sag' ich noch zu Rousseau: Also, mein Lieber, du weist wohl, du hast geschworen! – Es ist beschworen! – Er drückt mir noch die Hand, tätschelt meine Frau und geht fort ... Also, Herr Richter, seitdem hat er mir meinen halben Louis niemals bezahlen wollen! Das Stärkste aber ist das: Vorgestern, wie ich mein gutes Geld von ihm verlange, da nennt er mich einen Hahnrei! Verdammter Hahnrei, sagt er mir, du red'st mir lang gut! Ja, das hat er zu mir gesagt.«

Noch einmal drehte er sich zu Rousseau hin und fragte: »Ist das wahr oder nicht?«

Aber Rousseau machte ein komisches Gesicht, trat von einem Bein auf das andere und antwortete nicht.

Der Friedensrichter war ganz perplex geworden. Er rieb sich die Wange mit der Hand, sah den Schreiber an, dann den Amtsdiener, als wollte er sie um Rat fragen. Er hatte es da augenscheinlich mit einem recht schwierigen Fall zu tun.

»Hm, hm,« machte er, und dann dachte er einige Minuten nach.

»Nun und du, Gatelier-Bäuerin, was sagst denn du dazu?« fragte er dann ein dickes Weib, das, mit dem Marktkorb zwischen den Füßen, auf der Bank saß und dem Vortrag des Gatten mit peinlichstem Ernst zugehört hatte.

»Ich, ich sag' gar nichts,« antwortete Frau Gatelier und stand auf. »Aber was das Versprechen und den Eid anbelangt, Herr Richter, das ist gewiß und wahrhaftig wahr: Er hat den halben Louis versprochen, der Lügner, das hat er ...«

Der Richter wendete sich an Rousseau:

»Was willst du da tun, mein Lieber? Du hast es versprochen, nicht wahr? Du hast es geschworen?«

Rousseau drehte mit verlegener Miene seine Mütze zwischen den Händen.

»Wohl, wohl, ich hab's versprochen,« sagte er. »Aber, lassen Sie sich sagen, Herr Richter, ein halber Louis – das ist zu viel, das kann ich nicht zahlen – das – das – war die Sache nicht werth. Alles was recht ist!«

»Na also, man muß die Geschichte gütlich in Ordnung dringen. Ein halber Louis – das ist vielleicht wirklich ein bißchen hoch, was? Schau, Gatelier, wenn du zum Beispiel mit einem Taler zufrieden wärst, was?«

»Nein, nein, nein! Ein Taler – absolut nicht! Den halben Louis! Er hat es doch beschworen!«

»Sei gescheit, mein Lieber. Ein Taler, das ist ein schönes Stück Geld! Und als Draufgabe zahlt Rousseau eine kleine Anfeuchtung, was? Einverstanden?«

Die zwei Bauern sahen einander an und kratzten sich hinter den Ohren.

»Paßt dir das, Rousseau?« fragte Gatelier.

»Wohl, wohl,« antwortete Rousseau, »wir sind doch Freunde!«

»Na gut also! Einverstanden!«

Sie tauschten einen Händedruck.

»Der Nächste!« schrie der Richter, indes Gatelier, die Bäuerin und Rousseau im Bauerntrott, leicht vorgeneigt und mit baumelnden Armen, den Saal verließen.

Giborys Beichte

Das Pfarrhaus von *Lonné-sur-Eau* und das Häuschen des alten Gibory sind aneinander angebaut; dieses niedrig, geschwärzt und wackelig, jenes um einen Stock höher, mit schöner, gelbgestrichener Façade und weißen Fensterläden. Die beiden Gärten, durch eine schmale Dornenhecke voneinander getrennt, fallen zur Rille ab, einem kleinen, seichten Bach, dessen Wasser unter Schilf und Rohr leise dahinplätschert. Sie liegen wie zwei Zwillingsgärten da, ganz gleichartig von den Alleen durchschnitten, die eigentlich nur grasumwachsene Fußpfade sind. Ganz gleichartig ist auch die Anlage der symmetrischen Beete, um welche ein Rahmen von Erdbeer- und Stachelbeersträuchen und von zugeschnittenen Baumpyramiden läuft. Aber im Garten des Pfarrers erhebt sich gerade in der Mitte, unter einem Lorbeerbaum, eine Statue der heiligen Jungfrau aus koloriertem Gips, stellenweise von Moos überzogen und vom Regen verwaschen. Der alte Gibory seinerseits hat auch seine Statue, die er,»um den Pfarrer zu giften«, seinen»heiligen Josef« nennt.

Das ist ein Strohwisch, mit einem schäbigen, zerknitterten, röthlich schimmernden Cylinderhut auf. Er baumelt an einer langen Stange, die Arme weit ausgespreizt, mit rothen Fetzen behagen, ein furchtbarer Schrecken für die Spatzen. Rechts und links liegen kleine Obstgärten und niedrige Wohnhäuser. Gegenüber dehnt sich das Tal, breit und grünend, mit seinen Reihen schlanker Pappeln und den dichten Gruppen von Erlen, wie ein Reich der Frische und des üppigen Graswuchses, durch welches man herdenweise die Rinder aus dem Gebirge hinziehen sieht.

An einem Nachmittag war der alte Gibory eben daran, junge Zwiebeln in geharkte Erde umzusetzen, als der Pfarrer, der eben, mit dem Brevier in der Hand, aus seinem Hause getreten war, auf der andern Seite der Hecke auftauchte. Sofort warf sich der Alte auf alle Viere nieder, hielt den Rücken krumm und die Nase fast an die Erde gedrückt. Er blieb regungslos wie ein Hund, der auf eine Feldmaus lauert. Der Pfarrer ging, lateinische Worte murmelnd, an der Hecke auf und nieder, über welche nur sein wackelnder, bläulich angelaufener, von steifen weißen Haaren umstarrter Kopf hinausragte. Als der Priester mit seiner frommen Lektüre zu Ende war, blieb er stehen, legte sein schwarzgebundenes Büchlein auf den oberen Rand der Hecke und kreuzte die Hände über dem Brevier.

»He, Vater Gibory!« schrie er.

Der alte Gibory tat als hätte er nicht gehört. Er blieb unbeweglich, seine Augen glänzten boshaft, die Nasenflügel zuckten wie die eines Tieres, das vom Geruch der Beute berauscht wird. Er rührte sich nicht.

»Mein alter Gibory!« wiederholte der Priester mit etwas stärkerer Stimme. »He, Vater Gibory, hören Sie mich denn nicht?«

Langsam, mit den lautlosen Bewegungen eines lauernden Tieres, hob der Angerufene den Kopf und drehte ihn schief hinüber.

»Schschschst,« machte er und schlug mit seiner großen, knolligen Hand in die Luft, als ob er eine lästige Fliege fortjagen wollte.

Und schnell nahm er die Stellung eines Hundes auf dem Anstand wieder ein, den Körper auf die beiden Arme wie auf zwei Pfoten hingestreckt.

Ein Moment des Stillschweigens trat ein. Man hätte glauben können, eine schwere, ernste, ja furchtbare Sache vollziehe sich nun. Indessen flog in der Hecke ein erschrecktes Rothkehlchen auf, zwei Elstern begannen in weiter Ferne zu schwätzen, ein Windstoß machte die Vogelscheuche auf ihrer Stange knirschen. Der Geistliche verlor schließlich die Geduld, als er sah, daß der alte Gibory hartnäckig unbeweglich blieb und rief von neuem:

»Vater Gibory, holla, Vater Gibory, was ist denn? Schon wieder der Maulwurf?«

Der Alte richtete sich empor, machte eine zornige Bewegung und schlug mit der Faust in den Boden.

»Ah, Sakrament; ah, Sakrament!« fluchte er. »Jetzt sind Sie schuld, daß er wieder davon ist, das Luder! Nichts läßt er in Ruh', alles durchwühlt er. Ich geh' meine Falle holen.«

Er erhob sich und ging auf das Haus zu, den Körper in der Mitte abgebogen, mit den Händen in demselben klapperigen Takt schlenkernd, wie mit den Beinen. Der Pfarrer rief ihn mit einem spöttischen Lächeln zurück.

»Sagen Sie einmal, mein alter Freund Gibory, wie kommt's, daß ich Sie jedesmal, wenn ich in den Garten komme, auf der Maulwurfsjagd treffe?«

»Was weiß ich,« antwortete der Alte in einem barschen Ton. »Vielleicht, daß Sie daran schuld sind. Weiß der Teufel! Ein Maulwurf und ein Pfarrer, ist das nicht im Grund genommen ein und dasselbe? Ich geh' meine Falle holen.«

»Warten Sie doch ein wenig, Gibory! Geht's Ihnen sonst recht gut, ja?«

»Nicht zum allerbesten, Herr Pfarrer, nicht zum allerbesten. Die Beine sind so schwach und dann auch der Kopf; das dreht sich immer da drinnen. Verflucht noch einmal, das dreht sich wie in einer Mühle!«

»Also,« fuhr der Pfarrer nach einer kurzen Pause wieder fort, »also das dreht sich da bei Ihnen immer? Oh, da müssen Sie sehr gut acht geben. Gerade jetzt, wo Ostern herankommt ...«

Auf dieses Wort hin riß der alte Gibory seinen Mund weit auf, einen Mund, grinsend und quergeschnitten, wie mit einem Messer, ein schwarzes Loch, aus dem ein einziger gelblicher Stumpf ragte.

»Wie meinen Sie,« brummte er.

»Ich sage nur, daß wir bald Ostern haben werden,« wiederholte der Geistliche.

»Nun, und? Was wollen Sie damit? Wenn Ostern kommt, so wird es da sein, nicht wahr?«

»Schon recht, machen Sie noch Späße, alter Fuchs. Sie wissen recht gut, wieviel es geschlagen hat! Wollen Sie denn wiederum Ostern vorbeigehen lassen, wie in den früheren Jahren, ohne zu beichten? Schau'n Sie doch!«

»Reden Sie davon nicht, bitte, reden Sie davon nicht! Ich geh' meine Falle holen!«

Da schlug der Geistliche einen autoritativen Ton an.

»Hören Sie mich an, Freund Gibory,« sagte er sehr ernst. »Ihre Tochter ist bekümmert, tief bekümmert. Sie weint, sie verzweifelt. Und Sie machen sie so unglücklich mit Ihrer Gottlosigkeit.«

»Mélie?« gab der Mann heftig zurück. »Die geht das gar nichts an. Sie soll sich um ihre Sachen kümmern und Sie, Herr Pfarrer, desgleichen. Ich hab' den lieben Gott ganz gern, na ja, ich geh' auch jeden Sonntag zur Messe. Aber, was so die Beichte ist, und dann noch dies und jenes – das geht mir einmal nicht in den Kopf, weiß der ...«

»Sie sind alt, mein lieber Gibory, Sie haben schon ein paar Anfälle gehabt. Man kann nie wissen – heute rot, morgen tot.«

Der Pfarrer verschränkte die Arme und schüttelte den Kopf.

»Gesetzt, Sie hätten wieder so einen Anfall – heute abends – oder gleich auf der Stelle. Hm, was sagen Sie dazu?«

»Einen Anfall! Heut nacht? Ich? Oho! Geben Sie nur acht, daß Sie nicht vor mir sterben! Sie sind auch nicht mehr gar so jung und kräftig! Aber ich gehe meine Falle holen.«

»Oha! Halt!«

Der arme Pfarrer wußte nichts mehr zu sagen.

Die Antworten des alten Gibory, verstärkt durch ein boshaftes Zwinkern der kleinen Augen, dieser unerschütterliche Eigensinn des hämischen Querkopfes brachte ihn aus der Fassung, verwirrte und ängstigte ihn, als ob er dem Teufel selber gegenübergestanden wäre. Er hätte dem Bauer am liebsten ein paar Schimpfworte an den Kopf geworfen. Doch aus Furcht, ihn noch mehr kopfscheu zu machen und wohl auch in der Hoffnung, diesen verstockten alten Sünder doch noch der Reue zuzuführen, hielt er an sich.

Die Vögel flatterten in der Sonne von einem Baum zum anderen; unten rauschte leise der Bach und machte die Schilfstengel erzittern. Eine rote Katze, die über ein Beet junger Lattiche gekrochen war, sprang plötzlich fort, durchquerte in zwei Sätzen den Garten und verschwand in einer Lücke im Gebüsch.

Der Pfarrer suchte in seiner Verlegenheit nach einem geschickten Mittel, die Konversation wieder anzuknüpfen. Er zog die Tabakdose aus der Tasche seines Habits, nahm eine Prise, klopfte sich leicht auf die Hand, schnupfte und nieste laut.

»Sehen Sie, mein lieber Gibory,« sagte er dann plötzlich. »Sie sind ein braver Mann, und ich will Ihnen einen Vorschlag machen. Ja wohl, einen sehr schönen Vorschlag.«

Und er trommelte mit den Fingern auf seinem Gebetbuch, nach dem Rhythmus einer Psalmenmelodie.

Der alte Bauer spitzte die Ohren und sah den Pfarrer mit mißtrauischen Augen an. Dieser fuhr fort:

»Ich habe noch eine Flasche Wein übrig, eine einzige Flasche, sehr, sehr alten Wein, über zwanzig Jahre alt. Auf hundert Meilen findet man keinen solchen. Die Flasche hat einen Wert von ... nun, von mindestens zehn, vielleicht sogar fünfzehn Franks. Unsereins weiß ja gar nicht, was eine derartige Flasche Wein kostet; so etwas ist einfach unbezahlbar. Nun also, wenn Sie beichten wollen, so bringe ich Ihnen diese Flasche mit. Sie gehört Ihnen, und Sie können dann mit Stolz behaupten, daß Sie eine köstliche Seltenheit besitzen, einen Tropfen, wie ihn nicht Seine Ehrwürden der Bischof hat, nicht der Schloßherr auf Guilbaut und überhaupt niemand«.

»Hehe, hehe,« meckerte der brave Gibory und kratzte sich hinterm Ohr. »Ist das kein Schwindel? Nur um mich dranzukriegen, was?«

»Wenn ich es Ihnen sage! Na also, mein lieber alter Gibory, paßt Ihnen das?«

»Ich sag' nicht gerade nein.«

»Also ich komme zu Ihnen, sofort!«

»Gleich mit der Flasche?«

»Ja, mit der Flasche!«

»Einverstanden.«

II

Die Mélie war eine vertrocknete alte Jungfer mit schwärmerischen Augen und beständig vom Kopf bis zu den Füßen in Schwarz gekleidet, wie eine Nonne. Die Zeit, die sie nicht in der Kirche zubrachte, widmete sie der kleinen Wohnung, deren Wände sie mit Heiligenbildern ausschmückte. Sie hatte immer Gebete auf den

Lippen. Mit ihrem Vater sprach sie fast niemals. Nicht, daß sie aufeinander bös gewesen wären. Aber wie der alte Mann seine Tochter niemals in ihren Werken übertriebener Frömmigkeit störte, so hielt er es für selbstverständlich, daß sie ihm vollständige Freiheit ließ und ihm niemals die geringsten Vorstellungen bezüglich der Religion machte. Da nun aber Mélie von nichts anderem als von Gott, der Muttergottes und den Heiligen zu sprechen wußte, so sprach sie mit ihrem Vater gar nicht. So lebten beide schon seit zehn Jahren im tiefsten Schweigen nebeneinander hin.

Gibory kam nachhause und sah Mélie gar nicht an, welche, die Röcke in einem Wulst um die mageren Hüften gesteckt und die Ärmel bis zum Ellbogen aufgeschürzt, einen Kupferkessel scheuerte und dabei ihre Gebetsprüchlein hersagte. Er ging auf sein Zimmer und schloß die Türe ab.

Eine Viertelstunde darauf hörte er aus dem Vorraume ein Geflüster von Stimmen, unterdrückte Ausrufe, und als sich die Türe öffnete, erschien der Pfarrer lächelnd und strahlend, mit der Flasche in der Hand.

»Na, mein alter Gibory!« rief der Pfarrer triumphierend, »da haben wir sie! Da ist sie, die einzige, die letzte, die beste aller besten Weinflaschen! Sie haben ein Glück!«

Er hielt die Flasche an ihrem Hals hoch über seinen Kopf und zeigte sie in der ganzen Herrlichkeit ihres schwellenden Bauches und der Spinngewebe, die wie ein ehrwürdiger Bart von ihr herabhingen.

»Schon gut, schon gut,« knurrte der alte Bauer und sah die Flasche mit schiefen und leuchtenden Blicken an.

»Wie machen wir also jetzt die Geschichte?«

Der Priester musterte mit einem raschen Blick den Raum und sagte: »Das ist sehr einfach. Hier ist ein kleiner Tisch, Sie setzen sich an das eine Ende, ich an das andere ...«

»Und die Flasche in der Mitte,« ergänzte Gibory.

»Ganz richtig. Denken Sie nur, ich habe sie für das Jubiläum des heiligen Latuin aufgehoben. Nun, jetzt ist sie einmal versprochen. Also vorwärts! Sind Sie bei der Sache? Fangen wir an!«

Der Pfarrer stellte mit einer respektvollen Bewegung die Flasche auf den Tisch, nahm Platz, bekreuzte sich und murmelte mit ernster dumpfer Stimme: »Im Namen des Vaters, des Sohnes und des heiligen Geistes. Amen! ... Wiederholen Sie das, Gibory.«

Dieser verlor die Flasche nicht aus den Augen. Jetzt stieg ihm ein Verdacht auf. Er fürchtete, der Pfarrer werde ihn hineinfallen lassen, und fragte: »Was ist denn das eigentlich für ein Wein da?«

»Burgunder, alter Burgunder,« antwortete der Priester.

»Burgunder! Ich hätte eigentlich Bordeaux sozusagen lieber gehabt. Ist es wenigstens ganz sicher Burgunder? Halten Sie mich nicht zum Narren?«

»Wenn ich es Ihnen sage! Also, fangen wir von vorne an. Im Namen des Vaters, des Sohnes und des heiligen Geistes. Amen! Wiederholen Sie das mein lieber Gibory.«

Und der alte Gibory murmelte zerstreut: »Namen Vaters – Sohnes – heiligen Geistes. Amen!« Nun wandte er sich an den Priester: »Was soll ich Ihnen eigentlich sagen? Ich habe Ihnen nichts zu sagen, ganz und gar nichts. Ich habe nicht gemordet, ich habe nicht geschändet, ich habe nicht gestohlen.«

Da wurde die Türe heftig aufgerissen und Mélie stürzte herein, mit wütenden Blicken, und drohenden Bewegungen.

»Ist das menschenmöglich,« schrie sie, während sie auf den Tisch losging. »Ist es menschenmöglich, daß jemand solche Lügen sagt? Noch dazu bei der Beichte, vor Gott und vor dem Herrn Pfarrer! Ja, du hast gestohlen! Ja, Herr Pfarrer, er hat gestohlen, er hat gestohlen und nicht *einmal*, mehr als zehnmal! Ah nein, ich will nicht, daß er so spricht! Er könnte bei Nacht plötzlich sterben und käme dann in die Hölle. Ich will nicht, ich will nicht! Er hat der alten Renaud ein Kaninchen gestohlen, dem Herrn von Trépaillère ein Gartenmesser, dem Herrn Bacoup eine Klafter Holz, und zwar schönes Weißbuchenholz, ich hatte zwei Winter daran. Außerdem hat er zwei Maß Gerste dem Marchand gestohlen und dann ... ich weiß gar nicht mehr, was er alles gestohlen hat!«

Der Bauer schäumte vor Wut, er drohte seiner Tochter mit der Faust und schrie: »Schau, daß du weiterkommst, du! Wirst du gleich dein Maul halten! Wart' nur, wart'!«

Er wollte aufspringen, aber in seiner Hast stieß er so heftig an den Tisch, daß die Flasche umfiel, wegrollte und bevor noch der Pfarrer sie aufhalten konnte, klirrend auf den Fußboden fiel, wo sich alsbald das rote Naß weithin verbreitete.

Alle drei Personen blieben einen Moment lang ganz starr und regungslos mit offenem Mund und weitaufgerissenen Augen. Sie verfolgten mit ihren Blicken die kleinen, gewundenen, purpurroten Bächlein, welche dahinliefen, sich teilten, wieder zusammenflossen und in den Ritzen des Fußbodens verschwanden.

»Verdammtes Zeug!« fluchte der Pfarrer und schlug auf den Tisch.

»Heilige Mutter Gottes!« klagte Mélie, die Hände ringend.

»Ich gehe meine Falle holen,« sagte einfach der alte Gibory, stand auf und ging langsam hinaus, mit den Holzschuhen schleifend und mit den Armen schlenkernd.

Ein Kind

Motteau machte folgende Aussage: »Herr Präsident ... ! Sie haben jetzt alle diese Leute gehört, meine guten Nachbarn und meine lieben Freunde. Sie haben mich nicht geschont, und das ist ganz recht. Ah, sie haben nicht so viel Courage gehabt, so lange ich noch in Boulaie-Blanche war und noch keine Gendarmen zwischen ihnen und den Lauf meiner Flinte standen. Sie liebten mich nicht, das ist sicher, aber sie hätten sich gehütet, von ihrem Haß etwas merken zu lassen, weil sie wohl wußten, daß mit Motteau nicht zu spaßen ist. Heute steht die Sache freilich anders. Sehen Sie, das kostet mich nur ein Achselzucken, und ich lache, wenn mir auch nicht darnach ist. Maheu, der einäugige Maheu, der Ihnen jetzt gesagt hat, daß ich ein Mörder und ein Dieb bin, eben dieser Maheu war es, der voriges Jahr auf dem Markt in Gravoir den Flurwächter von Blandé ermordet hat. Leugne es nicht ab, du Schuft, wir waren miteinander ...! Léger, der bucklige Léger, der soeben vor Ihnen seine endlosen, scheinheiligen Reden geführt hat, Léger hat vor sechs Monaten die Kirche von Pontillon ausgeraubt. Er wird nicht die Frechheit haben, es in Abrede zu stellen; wir haben den Streich zusammen ausgeführt. Nicht wahr, Léger? Sie wissen nicht, Herr Präsident, wer dem alten Jaquinot den Hals umgedreht hat, als er eines Abends vom Markt in Feuillet heimging? Sie haben damals eine Menge Leute deshalb eingesperrt und endlose Untersuchungen angestellt. Es ist Sorel, Sorel, der gerade vorhin meinen Kopf von Ihnen verlangt hat. Was, alter Kamerad, du sagst nicht nein? Das wäre nämlich nicht gut möglich, sehen Sie; während er den Alten erwürgte, habe ich seine Taschen durchsucht, ha, ha! Wundert Sie das? Aber schau'n Sie die Leute doch nur an! Ah, ihr seid nicht mehr stolz, meine Guten, nicht mehr hochnäsig, ihr zittert und werdet blaß. Ihr sagt euch wohl, daß ihr euch selbst verraten habt mit eurer Anzeige gegen Motteau, den ihr loswerden wolltet, und daß jetzt uns allen die nämliche Guillotine den Hals abschneiden wird.

Herr Präsident! Was ich Ihnen sage, ist die Wahrheit: Sie können mir ruhig glauben. Wir sind alle so in Boulaie-Blanche; und weiß Gott, das ist zu begreifen. Zwei Meilen rund um unsern Hügel giebt's keine gute Erde, nichts als Heidekraut und stachliges Gebüsch auf der einen Seite, nichts als Sand und Steine auf der anderen. Stellenweise kleine dürre Birken, oder auch Fichten, die verkümmern und nicht wachsen wollen. Nicht einmal Kohl gedeiht in unseren Gärten. Wie soll man auf so einer Erde leben? Vielleicht gar von den Unterstützungsfonds, was? Ein schöner Schwindel das! Die geben nichts, oder sie geben es den Reichen. Folglich, da man nicht weit in den Wald hat, fängt man mit dem Wildern an. Manchmal trägt das was ein, aber es gibt da auch eine tote Saison. Ganz zu schweigen von den Wächtern, die einen verfolgen, von den Prozessen und vom Arrest. Mein Gott, Arrest, das geht noch an! Man hat sein Essen, und dann kann man auch Schlingen vorbereiten für die Zeit, wo man wieder loskommt. Ich frage Sie, Herr Präsident, was täten Sie an unserer Stelle? Auswärts arbeiten? Zu den Pächtern in Dienst gehen? Aber wenn jemand sagt er ist aus Boulaie-Blanche, das ist gerade, als ob man aus der Hölle käme. Nun, da muß man wohl stehlen, weil man doch leben muß! Und hat man sich einmal entschlossen zu stehlen, so muß man sich auch entschließen zu morden. Eins geht nicht gut ohne das andere, das ist einmal so. Ich erzähle Ihnen das alles darum, daß Sie wissen, was das heißt Boulaie-Blanche, und daß die Schuld daran größtenteils die Behörden haben, die sich niemals mit uns beschäftigen, und die uns vom Leben abschneiden, als wären wir tolle Hunde oder Pestkranke.

Jetzt will ich zur Sache sprechen.

Ich habe gerade vor einem Jahr geheiratet und meine Frau war schon im ersten Monat schwanger. Ich überlegte. Ein Kind erhalten, wenn man für sich selber nichts zu essen hat, das ist unsinnig. Man muß das aus der Welt schaffen, sagte ich zu meiner Frau. Nun existiert gerade in der Nähe von uns eine alte Landstreicherin, die sich auf derartige Kniffe versteht. Ich gab ihr ein Kaninchen und zwei Hasen, und dafür brachte sie meiner Frau Kräuter und Pulver und mischte daraus wer weiß was für ein Gebräu. Es nützte nichts, gar nichts. Wir versuchten das mehr als zwanzigmal – kein Erfolg. Das alte Weib sagte uns: »Seid unbesorgt, es ist schon tot, ich versichere euch, es wird tot zur Welt kommen.« Und da sie in der Gegend den Ruf einer vielerfahrenen Hexe hatte, war ich weiter nicht beunruhigt und sagte mir: Ganz gut, es wird tot zur Welt kommen. Aber sie hatte gelogen, die alte Schwindlerin, Sie werden schon hören.

Einmal nachts, bei hellem Mondschein, erlegte ich einen Rehbock. Ich ging dann nachhause, den Rehbock auf dem Rücken, ganz zufrieden, denn nicht jede Nacht kann man einen Rehbock erlegen. Es war ungefähr drei Uhr, als ich zuhause ankam. Im Zimmer war Licht. Das nimmt mich wunder; ich klopf' an die Thüre, die immer von innen verriegelt ist, wenn ich nicht zuhause bin. Man öffnet nicht. Ich klopfe noch einmal und stärker. Da hör' ich erst eine Art leises Wimmern, dann einen Fluch, dann einen schleifenden Schritt, der über den Fußboden gleitet. Und was seh' ich? Mein Weib, halb nackt, bleich wie der Tod und ganz mit Blut befleckt. Zuerst dachte ich, man habe sie umbringen wollen, aber sie sagt mir: Nicht so laut, du Tölpel, siehst du denn nicht, daß ich geboren habe? Donnerwetter! Das war jeden Tag zu erwarten und doch, – in dem Moment hab' ich an alles andere eher gedacht. Ich trete ein, werfe den Rehbock in einen Winkel, hänge die Flinte an den Haken und frage meine Frau:»Ist es wenigstens tot?« –»Ah, freilich tot! Da schau her!« Und ich sah auf dem Bett, mitten unter blutigen Fetzen, einen nackten Körper sich winden. Ich schau meine Frau an, meine Frau schaut mich an; fünf Minuten lang blieben wir so, ohne zu reden. Indessen, es galt einen Entschluß fassen.

Hast du geschrien? fragte ich meine Frau. –»Nein.« – Hast du jemanden ums Haus schleichen gehört. –»Nein.« – Warum hast du Licht gemacht? –»Kaum zwei Minuten, bevor du gekommen bist, hab' ich die Kerze angezündet.« – Es ist gut. – Dann pack' ich das Kind bei den Füßen, und versetz' ihm schnell einen kräftigen Hieb auf den Kopf, wie man es bei den Hasen macht. Dann steck' ich es in meine Jagdtasche und nehme mein Gewehr wieder vom Nagel. Sie können mir glauben oder nicht, Herr Präsident, aber ich geb' Ihnen mein Wort, daß ich heute noch nicht weiß, ob es ein Bub oder ein Mädel gewesen ist.

Ich ging nach la Fontaine au Grand-Pierre. Ringsherum bis zum Horizont nur mageres Heidekraut, das zwischen Kieselhaufen hervorwächst, kein Baum, kein Haus in der Nähe, kein Weg, der hier durchführt. Die einzigen lebenden Wesen, die man hie und da sieht, sind weidende Schafe und Hirten. Die kommen aber nur von Zeit zu Zeit, wenn es drüben auf den Wiesen kein Gras mehr gibt. Nahe bei la Fontaine ist ein tiefer Steinbruch, seit Jahrzehnten schon unbenutzt. Buschwerk verhüllt den Blicken die gähnende Tiefe des

Schachtes. Dort pflegte ich mein Gewehr zu verstecken, wenn ich glaube, daß Besuch von Gendarmen kommt. Wer traut sich denn an diesen wüsten Ort, wo sogar, wie viele Leute glauben, Gespenster umgehen sollen? Da hatte ich also nichts zu fürchten. Ich warf das Kind in den Steinbruch und hörte noch den dumpfen Ton, als es unten auffiel. Plumps! Die Morgendämmerung kam bleich hinter dem Hügel herauf.

Als ich heimging, bemerkte ich auf dem Weg nach Boulaie-Blanche hinter der Hecke eine graue Gestalt, irgend was, das war, wie der Rücken eines Mannes oder eines Wolfes. Man kann trotz der Angewöhnung im Zwielicht nicht immer deutlich unterscheiden. Die Gestalt glitt lautlos dahin, duckte sich, kroch vorwärts, blieb wieder stehen. He, schrie ich mit starker Stimme, wenn du ein Mensch bist, zeige dich oder ich schieße! »Ah, du bist's, Motteau«, sagte die Gestalt und richtete sich plötzlich auf. – Ja, ich bin's, Mahen, und merk' dir wohl, daß in meinem Flintenlauf immer eine Kugel steckt für die allzu Neugierigen. – »Oh, du mußt nichts Böses denken, ich habe blos meine Schlingen nachgesehen. Aber, weißt du, nicht nur die Rehe blöken, wenn man sie umbringt, nein, auch Feiglinge wie du, elender Lumpenhund!« – Ich legte das Gewehr an, aber, ich weiß nicht warum, ich drückte nicht ab. Ich hatte Unrecht. Am nächsten Tag ging Mahen hin und holte die Gendarmen.

Jetzt, Herr Präsident, hören Sie mir gut zu. Es gibt im Dorf von Boulaie-Blanche dreißig Wohnhäuser, das heißt also dreißig Ehepaare. Haben Sie gezählt, wieviel lebende Kinder in diesen dreißig Wohnhäusern sind? Drei im ganzen. Und die andern, die erstickt, erwürgt, begraben worden sind, die toten? Haben Sie die gezählt? Gehen Sie hin und wühlen Sie die Erde um, im Schatten der mageren Birken, am Fuß der schwachen Fichten. Durchsuchen Sie die Brunnen, heben Sie die Kieselsteine auf, streuen Sie den Sand des Steinbruchs in den Wind! Und in der Erde, unter den Birken und Fichten, auf dem Grunde der Brunnen, zwischen Kieseln und Sand, werden Sie mehr Knochen von Neugeborenen finden, als es Gebeine von erwachsenen Männern und Frauen in den Friedhöfen großer Städte gibt! Gehen Sie in alle diese Häuser und fragen Sie die Männer, junge wie alte, fragen Sie sie, was mit den Kindern geschehen ist, die ihre Frauen im Leib getragen haben, verhören Sie einmal Mahen, Léger, Sorel und alle, alle ...! – Na, also Mahen, du siehst jetzt wohl, daß nicht nur die Rehe blöken, wenn man sie umbringt! ...«

Vor dem Begräbnis.

Herr Poivret stieg vor dem Laden seines Schwiegersohnes Pierre Gasselin von seinem Kutschierwagen, band das Pferd an einen schweren Eisenring, der in den Rand des Trottoirs eingelassen war, und nachdem er dreimal die Festigkeit des Knotens im Leitseil geprüft hatte, trat er, mit der Peitsche knallend, in den Fleischerladen.

»Heda! Niemand hier?« rief er.

Der Hund, der quer über die Schwelle hingestreckt schlief, erhob sich knurrend und suchte sich einen anderen Platz. Im Laden war kein Mensch; die Fleischbank stand beinahe leer, denn es war gerade ein Donnerstag. Auf dem Hackstock lag, schon schwarz und von summenden Fliegen bedeckt, ein Viertel von einem Ochsen; von der Decke hing an einem beweglichen Haken ein aufgeschnittenes Kalbsherz herunter. Ein Kupferkessel im Winkel war mit blutigen Knochen und gelblichen Fettklumpen angefüllt, die schon in Fäulnis übergingen. Und dem allen entströmte jener ekelhafte Leichengeruch, der einem in Spitälern und Beinhäusern den Athem benimmt.

»Niemand da?« wiederholte Herr Poivret. »He, Gasselin, wo steckst du?«

Gasselin kam aus dem Café Gadaud, das auf der anderen Seite der Straße, der Fleischerei gerade gegenüber, lag. Er wischte sich den Mund, zündete seine erloschene Pfeife wieder an und lief herbei.

»Da bin ich, da bin ich,« schrie er.

Sein Gesicht war ganz rosig, voll und frisch. Er ging bloßköpfig und hatte die Hemdärmel bis zu den Ellbogen aufgekrempelt. Seine weißleinene, mit Blutflecken gesprenkelte Schürze bedeckte ihn vollständig, von dem blauen Tuch, das er lose um den Hals geschlungen hatte, bis zu den Holzschuhen, in denen seine nackten Füße staken. Sein Schlächtermesser tanzte an einer Stahlkette an seinem linken Schenkel. Er ging seinem Schwiegervater entgegen und reichte ihm die Hand.

»Wie geht's, Alles wohl auf?«

»Es geht, mein Junge, es geht so ziemlich.«

»Soll ich dein Pferd füttern?«

»Aber nein, es hat in der Früh gefressen und getrunken. Ich komme vom Markt in Chassants.«

»War's ein guter Markt?«

Poivret wiegte den Kopf und antwortete ruhig: »Na ja, nicht zu gut und nicht zu schlecht, die Preise halten sich noch.«

Dann setzte er mit verändertem Ton hinzu: »Also, wie ist denn das? Als ich nach la Monsonnière kam, hat mir der kleine Bub, der August, von dem Unglück erzählt ...«

»Jawohl, jawohl!«

»Da hab' ich also gar nicht ausgespannt, ich habe meinem Pferd nur schnell vier Liter Hafer gegeben und dann bin ich hierher.«

Pierre Gasselin fragte:

»Willst du vielleicht eine Erfrischung nehmen?«

»Meiner Treu, da geb' ich dir keinen Korb, meine Kehle ist trocken wie ein Backofen. Also ist's wirklich wahr und nicht erlogen? Deine Frau ist gestorben?«

Der Fleischhacker klopfte sich die Pfeife am Absatz seines Holzschuhes aus und sagte dann: »Ja, sie ist wirklich gestorben, heute Nacht, Schlag zwei Uhr; oder vielleicht um halb Drei, so um die Zeit etwa.«

»Heut Nacht?« sagte Poivret und schüttelte den Kopf, »ah, ah, ah, schau einmal an! Was hat sie nur gehabt? Das kann nur eine ganz schnelle Krankheit gewesen sein, vielleicht ein Gehirnschlag?«

Gasselin erklärte:

»Nein, es war kein Gehirnschlag, Schwiegervater. Nein, das war's gewiß nicht. Es ist vom Bauch gekommen. Der Bauch ist ihr so furchtbar angeschwollen. Und sie hat geschrien, geschrien, Herrgott, wie die geschrien hat! Und dann war sie tot. Jawohl, so ist sie gestorben. Aber es will mir nicht aus dem Kopf, daß ...«

»Was denn, mein Sohn?«

»Nun also: Vor vierzehn Tagen – vielleicht sind es zwölf, vielleicht mehr, vielleicht weniger. Also, sagen wir, vor vierzehn Tagen hat deine Tochter mit mir was geredet, ich weiß nicht mehr was. Mir scheint, sie hat mich ein Schwein und einen Trunkenbold genannt, wegen einer kleinen Unterhaltung, die ich mit dem jungen Bacoup und dem jungen Manté veranstaltet hatte. Darauf sag' ich ihr, sie soll mich in Frieden lassen. Aber in der Güte, nicht bös, ganz freundschaftlich natürlich. Aber sie schimpfte nur noch mehr und kam vom Hundertsten ins Tausendste. Da hab ich ihr eine heruntergehauen und ihr einen Tritt in den Bauch gegeben. Aber Du kannst Dir wohl denken, Vater Poivret, daß das nur ein Scherz war, ohne böse Absicht. Ich wollte ihr nicht wehe tun. Daraufhin wurden wir wieder gut. Am nächsten Tag aber klagt sie über Schmerzen und sagt: »Ich weiß nicht, was ich im Bauch habe, ich muß da was drin haben; es ist wie ein großes Tier, das mich immerfort beißt.« – Das hielt sie aber nicht ab, hin und her zu gehen und die Kunden zu bedienen. Vorgestern hat es sie stärker gepackt. Sie legte sich hin, und dann schwoll sie an und brüllte, und dann ist sie gestorben! ... Hol' mich der Teufel, wenn ich jemals geglaubt habe, daß ein einfacher Fußtritt in den Bauch, so im Scherz und ohne böse Absicht, eine Frau umbringen könnte.«

Poivret kraute sich im Nacken und sagte nur immer:

»Ah, ah, ah! Schau, schau!«

Dann setzte er mit trauriger, aber resignirter Miene hinzu:

»Was sind doch wir Menschen! So war es auch bei meiner Seligen, der Poivret, ihrer Mutter. Die ist auch ja ganz plötzlich gestorben. Ein Baum ist auf sie gefallen; Du weißt ja, der verfluchte große Nußbaum vom Hof.«

»Jawohl, jawohl!« seufzte Gasselin. »Willst Du vielleicht Deine Tochter seh'n? Sie ist da oben.«

Poivret antwortete:

»Gut, mein Sohn, geh'n wir sie anschauen!« Und beide stiegen eine finstere Treppe im Hintergrund des Ladens hinauf. Vor einer halboffenen Tür blieben sie stehen. Der Schwiegervater sagte:

»Geh' du voran!«

»Nein, du Vater Poivret!«

»Nein, nein, mein Sehn, geh' du!« Auf den Fußspitzen traten sie ins Zimmer ein.

Poivret hatte die Mütze abgenommen und hielt sie respektvoll zwischen den Händen. Seine kleinen Augen waren ganz rund und groß geworden; seine zusammengekniffenen Lippen zogen sich in zwei runden Falten vom Mund abwärts und gaben seinem Gesicht einen seltsamen Ausdruck komischen Entsetzens, gepreßter Rührung. Er sah um sich.

Auf dem Bett lag eine Frau, mit verzerrtem Gesicht, mit gräßlich entstellten Zügen und bleifarbenem Teint. Den starren Körper bedeckte ein Tuch, durch welches die hervorspringenden und die eingefallenen Teile der Leiche deutlich zu erkennen waren. Die über der Brust gefalteten Hände umschlossen ein Kruzifix. Am Bette wachte und betete ein altes Weib. Auf einem weißgedeckten Tischchen bestrahlten zwei Kerzen mit ihrem matten Schimmer ein zweites größeres Kruzifix, das zwischen ihnen stand. Ein Weihwedel aus Birkenzweiglein stak in einem rot-irdenen Topf mit Weihwasser.

Poivret bekreuzigte sich und trat an das Bett. Ein paar Minuten lang betrachtete er seine Tochter und machte eine Bewegung, als wollte er sich über sie beugen, um sie zu küssen. Dann aber richtete er sich plötzlich auf, von einer seltsamen Furcht ergriffen, die er sich selbst nicht zu erklären imstande gewesen wäre. Schließlich legte er seine schwere, knollige Hand auf die Hand der Toten, zog sie aber gleich wieder mit einer Schmerzensgrimasse zurück, wie jemand, der sich an einem heißen Eisen verbrannt hat. Er ging zu seinem Schwiegersohn zurück, der in der Mitte des Zimmers stehen geblieben war, und sagte mit leiser Stimme:

»Ja, sie ist tot! Ganz kalt ist sie. Herrgott, wie kalt!«

Sie stiegen wieder hinunter, beengt, bedrückt, betäubt von dem großen Mysterium des Todes, das sie nicht verstanden und dem sie nicht widerstehen konnten.

»Herrgott, wie kalt sie ist!« wiederholte Poivret und gab mit diesem Ausruf eine rhythmische Begleitung zu dem dumpfen Klappern seiner Holzschuhe auf den Treppenstufen.

Und Gasselin antwortete: »Und gelb, so gelb!«

Im Laden sahen sie einander eine Zeit lang an.

»Willst du vielleicht Eins zur Stärkung nehmen?« fragte der Schwiegersohn.

Der Alte nahm mit Dank an.

»Das will ich schon, ja, ja! ... Denk' Einer: Fünf Tage sind es her, da war sie so frisch und munter, wie nur irgend jemand. Ah, ah! Schau nur einmal an!«

Langsam gingen sie über die Straße. Poivret murmelte immer: »Kalt ist sie!« und Gasselin gab zurück: »Und gelb, so gelb, Vater Poivret!«

Im Café setzten sie sich zu einer Flasche Wein und blieben vorerst ganz still. Poivret füllte die Gläser, indem er den Wein von hoch herunter fließen ließ.

»Auf dein Wohl!« sagte er.

»Dein Wohl, Vater Poivret!« antwortete Gasselin.

Dann sprachen sie lange von den Fleischpreisen, von der Viehfütterung und vom Markte in Chassans. Poivret klagte, daß die jungen Kälber nicht so gut verkauft werden wie früher.

»Wenn nicht die Spanier und die Amerikaner wären, die uns unser Vieh abkaufen, wer weiß, was dann mit uns wäre!«

Nachdem sie die zweite Flasche geleert hatten, erhoben sie sich wieder ganz munter. Poivret sagte zu Gasselin:

»Ja, das ist noch nicht alles, mein Sohn. Wann werden wir sie begraben?«

»Ja, das ist ja eben das Schwierige! Morgen ist Freitag, da schlachte ich.«

Der Schwiegervater nickte zustimmend.

»Ganz richtig, ja wohl!«

»Da kann ich sie morgen nicht begraben.«

»Nein, gewiß nicht!«

»Samstag ist Markttag.«

»Jawohl, jawohl.«

»Ich kann doch mein Fleisch nicht verfaulen lassen!«

»Nein, gewiss nicht!«

»Das ist eine verflucht schwere Sache, Vater Poivret.«

Sie schwiegen ein paar Minuten. Poivret dachte nach. Dann meinte er in vertraulichem Ton:

»Ich will dir was sagen, mein Lieber. Nämlich: sie wird aber auch verfaulen, das arme Weib!«

»Gewiß, gewiß!«

»Nun, und da kann vielleicht Dein Fleisch davon anziehen!«

»Gewiß, gewiß! Ja, was soll man da tun, Vater Poivret? Sag', was soll ich tun?«

Herr Poivret dachte noch einmal nach, sehr ernst, die Hand am Kinn, und dann sagte er mit einer breiten Geste:

»Wir wollen doch noch eine dritte Flasche nehmen!«

He, Vater Niklas!

Wir waren zwei lange Stunden querfeldein gegangen, unter der glühenden Sonne, deren Strahlen wie ein Feuerregen vom Himmel fielen. Der Schweiß rieselte über meinen Körper, und ein brennender Durst verzehrte mich. Vergebens hatte ich irgend ein Gerinnsel gesucht, dessen frisches Wasser unter den Blättern säuselt, oder eine Quelle, wie sie doch so oft in dieser Gegend vorkommen, eine kleine Quelle, die in ihrem Bett von moosiger Erde schläft, ähnlich wie die ländlichen Heiligenfiguren in ihren Nischen eingebettet sind. Ich verzweifelte; meine Zunge war vertrocknet und meine Kehle brannte.

»Gehn wir bis nach la Heurtandière, das ist die Meierei, die Sie dort drüben sehen«, sagte mir mein Begleiter. »Vater Niklas wird uns gute Milch geben.«

Wir schritten über ein weites Brachfeld, dessen Schollen unter unseren Schritten in einen roten Staub zerfielen, dann längs eines Haferfeldes, das unter der leichten Brise bläulich schimmernde Reflexe warf, und kamen in einen Obstgarten, wo buntscheckige Kühe im Schatten von Apfelbäumen schliefen. Am Ende des Obstgartens war die Meierei. Wir fanden in dem von vier ärmlichen Gebäuden umgebenen Hofe kein lebendes Wesen, außer ein paar Hennen auf einem Misthaufen, der nahe den Schafställen sich in einem Tümpel schmutziger Jauche erhob. Nachdem wir vergebens versucht hatten, die verschlossenen Thüren zu öffnen, sagte mein Begleiter: »Kein Zweifel, die Leute sind auf den Feldern.« Dennoch schrie er: »Vater Niklas! He, Vater Niklas!« Keine Antwort ließ sich hören.

»He, Vater Niklas!«

Dieser zweite Ruf hatte keinen anderen Erfolg, als daß die Hühner erschreckt aufflatterten und glucksend auseinanderstoben.

»Vater Niklas!«

In meiner Verzweiflung überlegte ich schon allen Ernstes ob ich nicht selber die Kühe im Obstgarten melken sollte, da erschien in der halbgeöffneten Tür des Heubodens das mürrische, verrunzelte und ganz gerötete Gesicht eines alten Weibes.

»Ah!« schrie die Bäuerin, »Sie sind es, Herr Josef, ich hab' Sie wahrhaftig erst gar nicht wiedererkannt. Entschuldigen Sie und Ihr Herr Begleiter auch.«

Nun trat sie ganz hervor. Eine Baumwollhaube deren Zipfel auf die Stirne heruntergezogen war, umschloß ihren Kopf; ein Teil der Schultern und der Hals, so durch und durch gebräunt von der Sonne, daß sie die Farbe gebrannter Ziegel hatten, ragten fleischlos und furchig aus den losen Falten des groben Leinenhemdes, das um die Hüften von einem kurzen, schwarz- und graugestreiften Unterrock festgehalten war. Schwere, aus dem rohen Buchenstamm herausgeschnitzte Holzschuhe bekleideten ihre nackten Füße, deren Haut bläulich und rissig war, wie ein Stück altes Leder. Die Bäuerin schloß die Tür des Heubodens und legte die Leiter an, auf der sie hinuntersteigen wollte. Bevor sie auf die erste Sproße trat, fragte sie meinen Begleiter:

»Haben Sie den Vater Niklas gerufen, meinen Mann?«

»Ja, das hab' ich.«

»Was wollen Sie vom Vater Niklas?«

»Es ist heiß, wir haben Durst und wollten ihn, um eine Schale Milch bitten.«

»Warten Sie, Herr Josef, ich komme gleich zu Ihnen.«. Sie stieg langsam, mit den Holzschuhen klappernd, die Leiter herunter.

»Ist denn Vater Niklas nicht hier?« fragte mein Begleiter.

»Entschuldigen«, antwortete die Alte »er ist schon da, weiß Gott ja; aber er kann sich halt nicht rühren, der arme Mann. Heut' früh hat man ihn in den Sarg gelegt.«

Sie war nun unten angekommen und wischte sich die dicken Schweißtropfen von der Stirne. Dann sprach sie weiter:

»Ja, Herr Josef, er ist tot, der Vater Niklas. Gestern gegen Abend hat es ihn erwischt.«

Da wir ein betrübtes Gesicht machten meinte sie:

»Ah, das macht nichts, gar nichts. Gehen Sie nur hinein, kühlen Sie sich ein wenig ab, und machen Sie sich's bequem. Inzwischen hol' ich, was Sie angeschafft haben.«

Sie öffnete die Tür des Wohnhauses, die zweimal abgesperrt war.

»Treten Sie ein meine Herren, geniren Sie sich nicht, machen Sie, als ob Sie zuhause wären. Sehen Sie, dort ist er, der Vater Niklas.«

Unter den rauchigen Balken, im Hintergrunde des großen, mit Kattun zugedeckten Betten auf zwei Sesseln ein weißer Holzsarg, der zur Hälfte von einem Stück ungebleichter Leinwand verhüllt war. Sein einziger Schmuck war ein kupfernes Kruzifix und ein Buchsbaumzweig. Zu Füßen des Sarges hatte man einen kleinen Tisch gestellt, auf dem statt einer Wachskerze, ein tropfendes Talglicht traurig verglomm. In der Nähe war ein brauner irdener Topf mit Weihwasser zu sehen, in dem als Weihwedel ein Büschel Ginster stak. Wir bekreuzigten uns, sprengten ein wenig Wasser auf den Sarg und setzten uns stumm, mit verdutzten Gesichtern an den Tisch.

Mutter Niklas kam alsbald zurück. Sie brachte vorsichtig eine große Schale Milch herbei, setzte sie auf den Tisch und sagte:

»Da trinken Sie nur, soviel Sie wollen. Es gibt keine frischere und bessere Milch.«

Während sie uns kleinere Gefäße hinstellte und aus einem Korb gutes, schwarzes Brot nahm fragte mein Begleiter:

»War er lange krank, der Vater Niklas?«

»Eigentlich nicht, Herr Josef«, antwortete die Alte. »Das heißt, seit einiger Zeit war er nicht gerade besonders rüstig. Es quälte ihn etwas in der Lunge, ich glaube es war das Blut. Auf eins zwei ist er dann weiß geworden, dann blau, dann schwarz und dann war er sozusagen tot.«

»Haben Sie denn keinen Arzt geholt?«

»Aber nein, Herr Josef, ich habe keinen Arzt geholt. Denn krank, so eigentlich krank war er ja gar nicht. Er konnte dabei ganz gut gehen, nach rechts und nach links, wie ein Junger. Gestern geh' ich auf den Markt und wie ich nach Hause komm', da sitzt der Vater Niklas mit dem Kopf auf dem Tisch, die Arme schlapp herunterhängend, regungslos wie ein Stein. – Mann, sag' ich. – Er rührt sich nicht. – Vater Niklas, Mann! schrei ich ihm in's Ohr. – Keine Antwort, gar nichts. Nun rüttle ich ihn so ein wenig. Aber da fängt er zu wackeln an, dann fällt er auf den Fußboden hin und bleibt liegen, ohne nur ein Glied zu rühren. Und schwarz war er, schwarz, beinahe wie Kohle. Du lieber Himmel, sag' ich mir, der Vater Niklas ist tot. Und er war wirklich tot, Herr Josef, ganz tot... Aber Sie trinken ja gar nicht! Geniren Sie sich doch nicht! Ich habe noch Milch, gewiß! Und zum Buttern brauche ich sie jetzt gerade nicht.«

»Das ist ein großes Unglück«, sagte ich.

»Was wollen Sie«, antwortete die Bäuerin, »das ist Gottes Wille so«.

»Haben Sie niemanden, der die Totenwache hält?« unterbrach sie mein Begleiter. »Ihre Kinder?«

»Oh, wir haben keine Angst, daß er davonläuft, der arme Alte. Die Buben sind auf den Feldern und führen das Heu ein. Man kann doch die Arbeit wegen so etwas nicht ruhen lassen. Das würde ihn doch nicht wiedererwecken, da er nun einmal gestorben ist.«

Wir hatten unsere Milch ausgetrunken, und nach ein paar Worten des Dankes gingen wir von Mutter Niklas fort. Wir waren von dem Gehörten so verwirrt, daß wir nicht wußten, ob wir sie bewundern oder verfluchen sollten, diese Fühllosigkeit der Bauern dem Tod gegenüber – dem Tod, der doch auch die Hunde aufjammern läßt, wenn es in ihrem Stalle einsam wird, und der den Vögeln klagende Seufzer zu erpressen scheint, wenn sie ihre Nester verwüstet finden.

Meine Hütte

In einem fernen Departement liegt meine kleine Besitzung. Es schmückt sie keine glänzende Hügel aus Spiegelglas, kein noch so kleiner, japanischer Kiosk und nicht einmal das sonst so unvermeidliche Becken aus Muschelwerk, mit dem nackten Amor aus schmutzigem Gips und dem geräuschvollen Wasserstrahl, der auf Blumen aus Zink niederfällt. Einfach und ländlich liegt meine Hütte wie ein Wächterhaus am Eingang eines schönen Buchenwaldes, dessen Laubwerk in der Sonne tänzelt, und vor ihr dehnen sich, bis weit hin zum Horizont, grüne Felder, von hohen Hecken durchzogen.

Ein Weinberg umgibt sie mit heiteren Guirlanden und zierlichem Farbenspiel; Jasminsträucher, durch welche sich einige Rosen zwängen, breiten einen Teppich über die dunkle Ziegelfaçade. Der Garten, den geschnitzte Planken, mit Moos überzogen, einhegen, ist so klein, daß auf seinen Gängen zwischen Buchs- und Thymiansträuchern kaum zwei Schnecken, Schale an Schale, kriechen könnten. Doch was liegt mir an der Ärmlichkeit und Enge dieser Besitzung? Gehören diese Äcker nicht mir, und diese rauschenden Wälder und der Himmel, den beständig der phantastische Flug der Schwalben durchzieht? Welchen anderen Genuß soll ich von den Dingen verlangen, als den, daß sie da sind mit ihrer Schönheit und ihrem Duft?

Ganz nahe führt, in einem tiefen und steinigen Bett, ein Bach sein grünliches Wasser unter der Wölbung dichtverschlungener Erlen hin. Zwischen den seltsam geformten, stämmigen Weißbuchen hindurch kann ich die rötlichen Dächer des nächsten Pächterhofes sehen. Dort weiden die Kühe, die Mäuler tief ins Gras gesteckt, Schafherden tummeln sich längs der nahen Landstraße und steigen unter der Hut des Schäferhundes den abgegrasten Abhang empor.

Ah, wie wohl werde ich mich hier fühlen in diesem kleinen verlorenen Winkel, der ganz erfüllt ist von den balsamischen Düften der neu grünenden Erde. Keine Kämpfe mehr mit den Menschen, kein Haß mehr, der die Herzen zermalmt, nichts als Liebe, jene große Liebe, die in den friedevollen Nächten herniedersteigt und uns wiegt wie ein mütterliches Lied, wie das Lied des Windes in den Bäumen. Warum hassen? sagt das Lied. Weißt Du denn nicht, was die Menschen sind, welche Schmerzen sie zernagen und verwunden, die Reichen wie die Armen, den Landstreicher, der mit hungrigem Magen am Rand der Straße schläft, wie den Lüstling, der sich übersättigt unter parfümierten Decken wälzt? Hasse niemanden, nicht einmal den Bösewicht. Beklage ihn, denn er wird niemals die einzige Freude kennen, die über das Leben hinwegtröstet: Gutes zu tun.

Ich habe mich also in meiner Hütte eingerichtet, ein melancholischer Sommerfrischler. Als Gefährten habe ich nur einen bissigen, schmutzigen Hund, die Vögel des Waldes und einen alten Bauer. Eines Tages sah ich ihn um das Haus schleichen und verstohlene Blicke auf mich werfen. Dann ging er fort. Am nächsten Tag kam er wieder und fing sein Manöver von vorne an. Am dritten Tag fand er den Mut, in die Umzäunung einzutreten.

»Geht es Ihnen gut?« sagte er mir und zog seine Tuchkappe, die von der Sonne von mehr als zwanzig Sommern einen rötlichen Stich bekommen hatte.

»Gewiß, mein Freund,« antwortete ich.

»Nun, das ist gut, das ist gut,« und er richtete am Gitterwerk ein Jasminzweiglein, das herunterhing, empor.

»Also, man erzählt, daß Sie aus Paris kommen?«

»Allerdings.«

»Nun gut, gut.«

Er wandte sich und ging mit dem steifen Schritt und dem schweren Gang eines alten Bauern, der es nicht mehr lange machen wird.

Jeden Abend, wenn die Sonne hinter dem Hügel versinkt, kommt er und setzt sich auf die Bank vor meiner Tür; und während ich träumerisch meine Gedanken durch die melancholischen Weiten des Abendhimmels schweifen lasse, wiegt er beständig den Kopf hin und her, ohne jemals ein Wort hervorzubringen.

Seit einigen Tagen habe ich mir einen anderen Gefährten beigesellt. Es ist Vater Ravenel, der zu mir kommt, den Garten umgraben, die Bäume pflegen und Gemüse pflanzen. Vater Ravenel ist zweiundsechzig Jahre alt. Er ist von mittlerer Figur, ein wenig geduckt und geht mit den langsamen, abgemessenen Schritten eines alten Säemannes. Er hat einen prachtvollen Kopf voll scharf ausgeprägter, harter, tief eingerissener Züge, machtvoll und vierschrötig, von starken Haaren gekrönt, deren ungleiche, ergrauende Büschel ihm die Stirn bis zu den Augenbrauen bedecken. Sein Körper ist gebogen wie ein alter Eichenstamm, gegen den beständig der Sturm gewütet hat. Unter den geflickten Kleidern sieht man die Ansätze der Knochen hervorstechen und die Schwellungen der Muskeln sich wölben, als wollte dieser Körper Äste und Zweige treiben. In seinen Augen spiegelt sich nur die vorüberziehende Wolke, kein Schmerz, keine Enttäuschung, kein Gedanke wird in diesen rätselhaften Augen sichtbar, welche in ihrer stummen Resignation denen der Haustiere gleichen. Seine Bewegungen sind langsam, ernst und weit wie der Horizont, hoch wie der Himmel, fromm und geheiligt wie ein Schöpfungsmysterium.

Dieser Mensch ist ein Trunkenbold.

In seinem fast beständigen Rausch geht er doch den ganzen Tag geschäftig hin und her und arbeitet. Es ist natürlich nicht bequem, Arbeit und Trunksucht zu vereinigen. Wäre er kein Trunkenbold, er hätte heute ein kleines Gütchen und könnte sich's wohl sein lassen. Wie so viele andere, die weitaus nicht so geschickt in vielen Dingen sind wie er, hätte er sein Häuschen mit einem Garten davor und einem Stück Acker dahinter, Hennen, Enten, Kaninchen, vielleicht eine Kuh, und jedes Jahr würde er ein Schwein mästen. Nun könnte er sich ausruhen und in der Zeit, wo der Apfelwein getrunken wird, seine Nachbarn fröhlich auf den Rücken klopfen. Anstatt dessen hat er weder Haus noch Feld, noch Hühner, noch sonst etwas. Er muß im Taglohn arbeiten, bald bei dem, bald bei jenem, muß als Gärtner, Tischler, Erdarbeiter oder Maurer aushelfen, und so mühselig seine zwanzig Sous, seine Specksuppe und sein Glas Apfelwein täglich verdienen. Das alles weiß er, aber es drückt ihn nicht. Es ist übrigens nicht seine Schuld, sondern die seiner zweiten Frau. Denn der alte Ravenel fand es, als er mit achtundvierzig Jahren Witwer wurde, unerträglich, seine kleine Wirtschaft selber zu führen, und eines schönen Tages verheiratete er sich zum zweitenmale. »Ja, das ist dumm, dumm, dumm,« sagt er, wenn ihm die Erinnerung an die Vergangenheit kommt, an die Zeit seiner ersten Frau.

Alle Morgen um sechs Uhr kommt er, schon angeheitert und nach Branntwein riechend.

»Nun, Vater Ravenel, Sie sind ja schon wieder betrunken.«

»Jawohl, jawohl,« antwortete der Mann und kratzt sich den Kopf.

»Einen kleinen Stich! Jawohl, ich habe einen kleinen Stich!«

Er taumelte, seine Lippe hängt feucht und schlapp herunter. Selbst in diesen Momenten bleiben seine Augen undurchdringlich, ohne einen Schimmer innerer Erregung, ohne merkbaren Reflex der Trunkenheit.

»In Ihrem Alter, Vater Ravenel: schämen Sie sich nicht?«

»Jawohl, jawohl – ich will Ihnen sagen – es ist meine Frau, meine zweite Frau – oh, die Elende, das Luder! – Nämlich, meine erste Frau, die war eine Heilige, eine Heilige – die hätten Sie kennen sollen! – Eine Heilige sag' ich, eine Heilige Gottes!«

Und er weint und rauft sich das Haar.

»Eine Heilige, eine wahre Heilige! Sie ist gestorben wegen eines Schweines, das die hinfallende Krankheit hatte....«

»Ja, ich weiß, ich kenne die Geschichte. Legen Sie sich nieder, Sie sollten lieber schlafen gehen!«

»Nein, nein, lassen Sie sich sagen – ich habe einen kleinen Stich, das ist wahr – aber ich muß Ihnen doch sagen – ich hatte ein Schwein, ein schönes Schwein – es gedieh' gut, es fraß gut – da auf einmal – ich soll nicht athmen können, wenn ich lüge – da krepiert es an der hinfallenden Krankheit. – Wie ein Mensch, wie ein Bürger, man möchte sagen – wie ein Christ. Es wälzte sich, wand sich und schäumte; schließlich war es gar kein Schwein mehr, es war – es war – überhaupt gar nichts mehr. Dann ist es krepiert. – Meine erste Frau sagte: Ich will es essen, man braucht doch dieses Fleisch nicht zu verlieren. Ich sage: Ein Schwein, das an der hinfallenden Krankheit krepiert, das ist giftig, ganz gewiß; man muß es tief, tief eingraben.... Das war ihr aber sehr zuwider, meiner ersten Frau, ein so schönes Fleisch einzugraben. Warum soll das giftig sein? sagt sie mir. Ich sage: Wer weiß, was das Vieh gefressen hat, und das ist ihm dann vom Bauch in den Kopf gestiegen. Es geht nicht mit rechten Dingen zu, wenn ein Schwein an der hinfallenden Krankheit krepiert. Meine erste Frau sagt: Ich will doch wenigstens die Lunge zubereiten. Ich sage: Bereite die Lunge zu, wenn du willst, aber ich esse nicht davon .... Hu, hu, hu!«

Und bei diesen schmerzlichen Erinnerungen schluchzt Vater Ravenel und geberdet sich verzweifelt. Dann fährt er fort:

»Ich soll mit einer Heugabel und Bohrer erstochen werden, wenn ich lüge. – Also meine Erste ißt die Lunge mit Erdäpfeln, und dann begraben wir das Schwein auf der Wiese des Herrn Bottereau am Fuß einer Espe.... Momentan hat ihr das gar nichts geschadet, sie befand sich so wohl, wie Sie und ich und jeder Andere.... Aber auf einmal, nach zehn Jahren auf den Tag genau, da stirbt sie an der hinfallenden Krankheit, wie das Schwein. – Sie windet sich, schäumt, brüllt und dann ist sie hin. – Kaum daß ich Zeit hatte, mich umzudrehen und ihr ein Schaff Wasser über den Kopf zu schütten. – So wahr Gott lebt und der heilige Josef und die himmlische Jungfrau! Nach zehn Jahren war ihr das Schwein vom Bauch in den Kopf gestiegen, und das hat sie umgebracht. – Hu, hu, hu!«

»Aber dann haben Sie sich wieder verheiratet, alter Spitzbub?«

»Jawohl, jawohl, ich habe eine zweite Frau genommen. – Aber das ist nicht mehr dieselbe Sache. – Ah, die Elende, das Luder! Sie ist mannstoll! – Aerger als eine Katze, eine Hündin und ein Spatzenweibchen. – Ich bin schon alt, verstehen Sie, und dann war ich auch niemals für solche Schlechtigkeiten – Aber sie muß das haben, gehe es wie es geht. – Sie sollten das einmal sehen. – Manchesmal sitz' ich ganz ruhig da und denke wahrhaftig an nichts – oder ich komme nachhause, müde von der Arbeit, da sagt sie mir: Ravenel, ich vergehe vor Sehnsucht .... Und dabei sieht sie mich mit Augen an, die glänzen wie Lichter .... Lass' mich geh'n, sag' ich, ich bin alt und denke jetzt gar nicht an so etwas .... Aber sie reizt mich, stößt mich, umarmt mich .... Lass' mich geh'n, sag' ich noch einmal .... Also trink nur einen Schluck, sagt sie mir. Ich trinke einen Schluck, noch einen, einen dritten ..... Nun? fragt sie mich. Nichts, nichts, antworte ich. Du bist ein Waschlappen! sagt sie mir. Und du ein Schwein! antworte ich .....Dann setzt es eine Ohrfeige da und eine Ohrfeige dort, immer endet das mit Prügeleien .... Dann trink ich nochmals einen Schluck, und einen zweiten und einen dritten ....

Hu, hu, hu! Das bringt mich um, verstehen Sie. Diese Sachen bringen mich ins Grab.«

Den Tag nach seinem Rausch geht Ravenel wie im Traum herum. Er versteht nicht, was man mit ihm spricht. Seine Augen sind weit und rund und scheinen sich über unergründlichen Tiefen zu öffnen.

»Sagen Sie, Vater Ravenel, man sollte doch eine Stange an den Baum nageln.«

»Ja, ja, eine Stange!«

»Haben Sie mich verstanden?«

»Nein ... eine Stange, eine Stange!«

»Aber Sie wissen doch, was eine Stange ist.«

»Eine Stange, ja!«

»Also wollen Sie eine an den Baum nageln?«

»Der Baum?«

»Haben Sie mich verstanden?«

»Nein.«

Langsamen Schrittes geht er durch den Garten, nimmt seinen Spaten, kreuzt die Arme über dem Stiel, sieht dem Flug der Vögel, und dem Schaukeln der Blätter im Winde zu. Er murmelt immer:

»Ein Stange .... die Hecke ....«

Kein Gedanke dringt in seinen alten, harten Schädel. Sein Gesicht, dessen eckige Züge noch schärfer hervortreten, nimmt einen Ausdruck von unversöhnlicher Strenge an und gewinnt die plastische Schönheit einer edlen Skulptur, die einem Poeten das Wort eingeben könte: So sieht der Gott der Erde aus!

Der alte Dugué

»Zuerst hat er's im Bauch gehabt; es ist keine acht Tage her. Gewiß; sehen Sie, das war vergangene Woche, Donnerstag, da bekam er eine Kolik, eine Kolik, das drehte ihm nur so die Gedärme zusammen. Und jeden Moment mußte er hinauslaufen. Er aß fast gar nichts, eine kleine Birne des Morgens, ein Stückchen Käse am Abend. Dann hat er sich niedergelegt und hat ein Fieber bekommen, Herr Jesus, was für ein Fieber! Er glühte nur so.«

Der Arzt griff mit ernster Miene dem Kranken an den Puls.

»Hat er sich nicht über Kopfschmerzen beklagt?« fragte er.

»O, du mein Gott, und ob er sich darüber beklagt! Stark auch noch!«

»Er deliriert nicht?«

»Wie meinen?«

»Er hat kein Delirium gehabt?«

»Ich glaube nicht. Er hat wenigstens nichts davon gesagt. Wollen Sie vielleicht sein Wasser sehen?«

Ohne zu antworten, hob der Arzt die Bettdecke empor und drückte mehreremale stark mit der Hand auf den Bauch des alten Dugué, welcher mit offenem Mund auf dem Rücken dalag, ohne sich zu rühren und nur von Zeit zu Zeit einen erstickten Seufzer hören ließ. Der Arzt schüttelte den Kopf und schrieb dann ein Rezept.

»Geben Sie ihm von dieser Medizin jede halbe Stunde einen Eßlöffel voll,« trug er der Mutter Dugué auf, die ihn bis zur Tür begleitete. Während er sein Pferd losband und den Strick sorgfältig zusammenrollte, fragte sie:

»Nun, was glauben Sie?«

»Ich fürchte, er wird die Nacht nicht überleben,« antwortete er.

»Diese Nacht noch? So, schau, schau! Ist das möglich?«

»Na, also auf Wiedersehen!« sagte der Arzt und stieg in seinen Wagen.

»Die Wege sind verflucht schlecht da bei Euch.« Und der Wagen tanzte auf der holperigen Landstraße dahin.

Mutter Dugué, die allein geblieben war, kratzte sich mit einer Hand die Nase, mit der anderen hob sie den Zipfel ihrer Schürze an die Hüfte. Sie dachte einen Moment nach. Dann faßte sie einen Entschluß und ging durch den kleinen Obstgarten, der an das Haus anstieß. An seinem äußersten Ende hinter der Hecke war zwischen den Apfelbäumen eine strohgedeckte Baracke zu sehen. Die Bäuerin rief:

»Garnier! He, Frau Garnier, he!«

Nach einiger Zeit hörte man ein schleppendes Klappern von Holzschuhen, und ein altes Weib zeigte sich zwischen den Zweigen der Hecke.

»Hast du mich gerufen?« schrie sie.

»Ja, dich. Ich bin ganz allein zuhause. Meine Tochter ist noch nicht aus der Stadt gekommen, mein Sohn ist im Wald Schwämme suchen. Du mußt das Papier da zum Apotheker tragen, und dann zum Pfarrer gehen, er soll sofort versehen kommen.«

»Ist es wegen Vater Dugué?«

»Gewiß, für ihn.«

»Und was sagt denn der Doctor?«

»O nichts, er sagt bloß, daß er die Nacht nicht überleben wird.«

»Heilige Jungfrau, das ist eine Geschichte! Ich glaub' halt immer, daß das die bösen Fieber sind, wie bei meinem Seligen. Und auch das Alter. Er ist nicht mehr gar so jung, der Vater Dugué.«

Zu den zwei Weibern waren inzwischen alle Gevatterinnen von Freulemont gekommen, und nun begannen sie zu tratschen und einander wunderliche Geschichten von Krankheiten und von Aerzten zu erzählen.

II.

Vater Dugué war zweiundsiebzig Jahre alt, ein Alter, das selten die normannischen Bauern erreichen, die, zerbrochen von der Plage, erschöpft von der mangelhaften Nahrung, in diesem regnerischen Klima hinleben. Ich habe ihn manchmal auf der Landstraße getroffen, wenn er seinen alten Rücken in der Sonne wärmte oder auch, wenn er am Freitag in die Stadt ging um sich rasieren zu lassen und eine Flasche Schnaps zu kaufen.

Er ging mühselig, die hohe Gestalt in einem Bogen zur Erde gebückt, und stützte sich auf einen langen Stecken aus Kirschenholz, den er sich selber vor mehr als zwanzig Jahren geschnitten hatte. Unsere Gespräche waren immer dieselben. »Schönes Wetter, Vater Dugué!« – »Ho, das kann sich leicht ändern, der Wind weht aus gar keiner guten Richtung!« Oder auch: »Ein Hundewetter, Vater Dugué!« – »Ho, das kann sich leicht aufheitern, der Wind geht hoch!« Wenn er an Tagen, wo es recht lustig herging, ein wenig aufhatte, versäumte er nie, mir mit einem boshaften Zwinkern der kleinen Augen zu sagen: »Einen großen Hasen hab' ich heut' Nacht gesehen.... Da ist er aufgesprungen im Gebüsch, ganz nahe beim Haus. Sie werden ihn sicher in Pitauts Rübenacker finden.« Mit Ausnahme dieser seltenen Ausbrüche der Vertraulichkeit blieb Vater Dugué schweigsam und nachdenklich, wie es die alten Hunde und die alten Landleute sind.

In seiner Jugend machte man ihm den Antrag, er solle, ohne einen Sou Lehrgeld zu bezahlen, die Fleischhauerei lernen, ein schönes Metier, das viel einträgt. Er wies es kurzerhand ab. »Vom Vater auf den Sohn,« sagte er, »waren wir immer Bauern. Ich will auch ein Bauer werden.« Sein Ehrgeiz wäre es gewesen, eine kleine Wirtschaft zu pachten. Aber daran war nicht zu denken; denn er konnte keinerlei Garantie leisten und besaß nicht einmal so viel Geld, um sich das nötige Werkzeug anzuschaffen. So mußte er sich begnügen, ein einfacher Feldarbeiter zu sein. Fleißig, unermüdlich, sparsam, ehrlich und nüchtern, bewältigte er seine Arbeit spielend. Mit dem schweren Flegel das Getreide auf der dröhnenden Tenne der Scheunen dreschen, die Bäume ausästen, den Misthaufen abtragen, ackern, säen, das war sein ganzes Glück; er bat Gott um nichts anderes, als daß das so andauern sollte, sein ganzes Leben lang. Besonders in der schönen Schnittzeit, wenn er, die Sichel mit Stroh umwunden und seine ganz neue Sense auf der Schulter, fortging, in die »Augustarbeit«, in die Béance hinunter, von wo er dann die Taschen voller Taler und schöner Goldstücke zurückbrachte.

Nachdem er lange überlegt, gezögert, das Für und Wider erwogen hatte, verheiratete er sich. Das tat er wahrlich nicht des Vergnügens halber. Er hatte sich bis dahin der Frauen enthalten und hätte sich ihrer wohl auch noch fernerhin enthalten können. Nein, die Dinge waren ihm eher zuwider. Aber er brauchte eine Wirtschafterin, die seine Wäsche waschen, seine Kleider flicken, seine Suppe kochen sollte. Und dann, wenn eine Frau sich gut aufführt, stark und nicht ungeschickt ist, so kann sie wohl, statt daß sie was kostet, noch eher etwas eintragen. Es kommt nur darauf an, glücklich zu wählen, und nicht auf so eine Zierpuppe, so ein schwächliches Ding zu verfallen, wie es ihrer heute unzählige gibt. Er wählte also ein großes starkes Frauenzimmer, so fest wie aus Eichenholz und geschickt; mit ihr ließ er sich auf dem Hügel von Freulemont nieder, in einem kleinen Häuschen, das er mit Gemüse- und Obstgarten für siebzig Francs jährlich mietete. Das Häuschen bestand aus zwei Wohnräumen und einem Keller. Schöne Spaliere umsäumten die Façade. Im Garten gediehen Gemüse, so viel man brauchte, und die Apfel genügten in guten Jahren für den nötigen Vorrat an Apfelwein. Was konnte er Höheres erträumen? Er hatte auch zwei Kinder, einen Knaben und ein Mädchen, die er, als sie das nötige Alter hatten, in die Schule schickte; denn er begriff sehr wohl, daß es in der gegenwärtigen Zeit unerläßlich sei, Bildung zu besitzen. Während er arbeitete, ging die Frau zu den wohlhabende Leuten ins Bedienen, wusch, nähte und rieb den Fußboden, oder sie half auch, wenn viel zu tun war, in den Schänken der Stadt als Köchin aus. Mit ihrer Kochkunst hatte sie sich eine wahre Berühmtheit erworben. Es wurde bald in der ganzen Gegend keine Hochzeit vorbereitet, ohne daß man sie beauftragt hätte, ihre besten Gerichte dafür auszuwählen und zuzubereiten. Und das war ein sehr gutes Geschäft; denn an solchen Tagen erhielt sie immer vier Franks, das gute Essen nicht gerechnet und die galanten Späße, zu denen ihr einladender Busen und die feisten, lachenden Wangen die jungen Leute verlockten.

Dugué empfand wohl etwas wie Eifersucht, wenn seine Frau sich auf den Hochzeiten unterhielt, besonders aber darum, weil er wußte, daß sie sich die in Öl gebackenen Hühner und den Kalbskopf in Sauce gut schmecken ließ, während er seine Erdäpfelsuppe und seinen Käse essen mußte. Aber den vier Franks zuliebe schwieg er.

Mann und Weib sahen sich also fast niemals, da doch jeder von ihnen anderwärts beschäftigt war. Sie empfanden darüber keinen Schmerz und keine Sehnsucht, so natürlich schien ihnen diese Situation, so sehr waren sie überzeugt davon, daß dies im Leben nun einmal so sein müßte. Sonntag waren sie manchmal beisammen; aber sobald sie einmal den Profit der Woche überschlagen hatten, sprachen sie nichts mehr miteinander. Nicht vielleicht, daß sie miteinander böse gewesen waren; aber sie hatten sich in Wirklichkeit nichts zu sagen. Dugué benützte diese Stunden der Ruhe, um seine Spaliere zu beschneiden, den Garten umzugraben, einen Ziegel auf dem Dach, ein neues Brett an der Tür zu befestigen, oder Holz zu spalten. Frau Dugué ging in's Dorf klatschen. Außer dem Sonntag hatte sie sich auch den Donnerstag frei gemacht, um für sich, ihren Mann und die Kinder die Wäsche zu waschen. Die Kinder blieben, so wie sie aus der Schule kamen, in der Obhut einer Nachbarin.

So hätte das Leben für Dugué in schöner Einförmigkeit hinfließen können, bis in ein glückliches hohes Alter, wenn nicht eine grausame Enttäuschung, ein »großes Unglück« ihn verbittert und sein Leben vergiftet hätte.

III.

Sein Schwiegervater wohnte etwa fünfzehn Meilen von Freulemont, in einem Dorfe namens Le Jarrier. Seit seiner Verheiratung hatte ihn Dugué nicht mehr gesehen, und er kümmerte sich auch nicht um den Mann. Es ließ ihn auch gänzlich gleichgültig, als er erfuhr, daß der Alte öfters krank sei und von so schrecklichen Schlaganfällen heimgesucht werde, daß der Pfarrer schon mehrmals glaubte, ihn mit den Sterbesakramenten versehen zu müssen. Dugué sagte bei solchen Nachrichten: »Er kann ja sterben, wenn ihm das Spaß macht; ich hindere ihn nicht daran.« Er hatte auch beschlossen, daß weder er, noch seine Frau zum Leichenbegängnisse gehen würde; denn fünfzehn Meilen, das ist weit, und ein Wagen dahin kostet gar viel.

Der wahre Grund war aber, daß der Schwiegersohn die feste Überzeugung hatte, der Schwiegervater besitze nicht einen roten Heller Geld. Darum lag ihm auch so wenig daran, ob der Alte lebte oder starb.

Eines Morgens erhielt Dugué einen Brief des Notars, der ihm anzeigte, daß der Zustand seines Schwiegervaters hoffnungslos sei und ihn aufforderte, möglichst schnell zu kommen. Er war höchlich erstaunt. Wie? Hatte er sich am Ende doch in dem Punkte geirrt? Wie? Der Schwiegervater, der immer für ärmer als Hiob gegolten hatte, sollte nun auf einmal so reich sein, wie der selige Krösus? Ah, das war aber denn doch zu stark! Und doch, – es konnte kein Zweifel darüber herrschen, wenn eine so hochachtbare Persönlichkeit wie ein Notar sich herabließ, ihm zu schreiben, ihm, dem einfachen Dugué, so mußte es sich um keine Kleinigkeit handeln, und die Erbschaft war gewiß eine ganz außerordentliche. Er ließ sich den Brief nochmals und abermals vorlesen.

»Wenn nichts da wäre,« sagte er sich »also wenn nichts da wäre, würde der Notar auch nicht schreiben. Das ist doch ganz klar. Man muß also hinfahren!«

Er mietete einen Kutschierwagen und ein Pferd, denn es war dringende Eile geboten und keine Zeit zu verlieren. Auf dem Wege bestärkte er sich selber in seinen Erwartungen und zählte im Vorhinein die Taler seines Schwiegervaters.

»Es sind gewiß dreihundert Taler, oder vielleicht mehr noch« wiederholte er sich, indem er mit dem Peitschenstiel auf den Rücken des Pferdes klopfte. »Vielleicht vierhundert, sonst hätte mich doch der Notar nicht in einem Briefe aufmerksam gemacht. Vielleicht sind's fünfhundert ...«

Als er an den ersten Häusern von Le Jarrier vorbeifuhr, hätte er jeden durchgeprügelt, der ihm gesagt hätte, sein Schwiegervater hinterlasse ihm weniger als tausend Taler.

Als er vom Wagen stieg, da pochte ihm das Herz ganz laut; das Haus seines Schwiegervaters, eine elende verfallene Hütte, erschien ihm glänzender als alle Märchenpaläste. Dugué blieb einen Moment lang wie geblendet davor stehen. Ein Nußbaum, der seine gelben Blätter im Winde schüttelte, zauberte ihm das herrliche Bild einer Menge von tanzenden Goldstücken vor Augen, die in einem wundervollen Regen auf ihn herabströmten.

Er trat ein; aber auf der Schwelle wäre er beinahe zu Boden gesunken. Der Schwiegervater stand vor ihm, ganz lebendig, und schlürfte seine Suppe aus einem steinernen Topf. Überraschung und Entrüstung hielten Dugué an seine Stelle festgebannt. Er konnte nicht hinein und nicht hinaus. In seiner Erstarrung glich er dem Geizhals, dem man seinen Schatz gestohlen hat. Er stammelte: »Was? Sind Sie denn nicht tot? Sie sind nicht tot?«

»Noch nicht mein Sohn, noch gar nicht,« antwortete der Schwiegervater, ohne sich stören zu lassen, und aß seine Suppe mit einer großartigen Gemütlichkeit weiter.

»Es ist gut, adieu.« Und Dugué stieg wieder in seinen Wagen: »Hü, verfluchte Mähre! Hü, verwünschtes Aas!« und er hieb auf das Pferd ein, was er konnte, schimpfte, fluchte und wetterte.

»Ah, Verfluchtes Luder! Ah, verwünschtes Aas!«

Es war nicht zu unterscheiden, ob diese schönen Redensarten an das Pferd oder an den Schwiegervater gerichtet waren. Nach der unbändigen Wut zu schließen, in der sich Dugué befand, richteten sie sich gegen alle beide.

Das Pferd kam ganz lahm in Freulemont an und ging am nächsten Tage ein.

»Das kostet mich wiederum zehn Louisdor,« dachte Dugué.

Aber er tröstete sich damit, daß der Schwiegervater ja wohl auch bald hin sein müsse.

Dieser Zwischenfall hatte nämlich sein Vertrauen keineswegs erschüttert. Im Gegenteil, die Erbschaft wurde bei ihm jeden Tag um hundert Taler größer.

»Du bist aber dumm, Mann!« sagte Frau Dugué, »und du tust Unrecht, ja du tust Unrecht, dir solche Sachen in den Kopf zu setzen. Möglich, daß es besser ist, als ich geglaubt habe. Aber zweitausend Taler, wie du da redest .... wo sollte der alte Filz das Geld hergenommen haben?«

»Man kann nicht wissen, man kann nicht wissen,« antwortete eigensinnig Dugué.

Er hielt schon bei dreitausend Talern, als er einen zweiten Brief vom Notar bekam.

»Diesmal ist's aber richtig!« schrie der glückliche Schwiegersohn. »Na, das ist nicht schlecht, jetzt ist er endlich tot, ganz tot!«

Tatsächlich teilte der Brief mit, daß der Schwiegervater definitiv gestorben und daß kein Wiedererwachen zu befürchten sei.

Dugué mietete ein neues Pferd und einen neuen Kutschierwagen und fuhr aufs neue nach Le Jarrier. Er beeilte sich gar nicht, kehrte in allen Wirtshäusern am Wege ein und rief den Leuten, denen er begegnete, lustige Reden zu.

»Na, mein Täubchen! Oh, mein Schäfchen!« sagte er zu seinem Pferde mit zärtlicher Stimme. Dann sprach er in seinen Gedanken direkt mit seinem Schwiegervater, den er vertraulich duzte. Er fühlte eine ungeheure Zuneigung für ihn.

»Oh, dieser Schwiegervater! Er war eigentlich gar kein so schlechter Mensch! Oh, der arme brave Mann!« In diesem Momente hätte er die Erbschaft nicht für fünftausend Taler hergegeben.

Wenn der alte Dugué diese fürchterliche Geschichte erzählte, pflegte er an dieser Stelle des Berichtes innezuhalten. Mit düsteren Augen und wutbebenden Lippen fragte er dann:

»Wissen Sie, was die Erbschaft war? Wissen Sie es? Wissen Sie's? Ah, zum Teufel! Es waren – es waren im ganzen achtundfünfzig Franks und einige Sous. Und dafür mußte ich das Begräbnis zahlen, den Notar, den Begräbnisschein und der Teufel weiß was noch alles!«

»Und was war das Ende von der Geschichte?«

»Also zwei Monate bin ich im Fieber gelegen. Dann wollte ich diesem verlogenen Notar den Prozeß machen, und schließlich und endlich habe ich die Erbschaft nicht angenommen, um dem Menschen einen Streich zu spielen. Und die ganze Geschichte hat mich mehr als dreihundert Franks gekostet! Ja, mehr als dreihundert Franks, du heiliger Gott im Himmel!«

IV.

Auch mit seinen Kindern hatte er kein Glück gehabt. Und doch, er hatte »viel Geld, viel Geld« für ihre Erziehung ausgegeben. Wie ihm das jetzt leid tat! Er hätte es doch machen sollen, wie alle die anderen, und die Kinder, statt sie in die Schule zu schicken, gleich zur harten Arbeit anhalten. Sie wären gewiß nicht daran gestorben; und besser wäre es gewesen, denn sein Sohn und sein Mädel wären dann vielleicht nicht so schlecht geraten.

Dugué hatte die Absicht, aus seinem Sohn, dem kleinen Florian, einen Landwirt zu machen; nicht einen Feldarbeiter, wie er selber war, sondern einen echten und rechten Pächter. Übrigens konnte er nicht verstehen, daß man einen anderen Beruf wählen könnte, als die Erde zu bebauen, wenn die ganze Familie, vom Vater auf den Sohn, auf dem Acker geboren war. Das war ein ehrenvolles Vermächtnis, eine vornehme Erbschaft, die zurückzuweisen Verbrechen gewesen wäre. Es waren ja genug Tagediebe für die anderen Berufe da. Sein Schmerz war auch sehr tief und seine Enttäuschung groß, als Florian den ganz entschiedenen Wunsch aussprach, als Bedienter in Stellung zu gehen, wie Herr Baptiste, der Kammerdiener vom Schloß, der mit seiner galonnierten Livré und seinen buttergelben Nankinghosen von allen bewundert wurde. Wer hatte nur seinem Sohn derartige Ideen in den Kopf gesetzt? Zuerst hielt er ihm lange Reden, versuchte, ihm auseinanderzusetzen, was das sei, »die Erde«, versprach ihm, er solle einen richtigen Wirtschaftshof bekommen, wie Herr Pitant einen hatte. Dann, als Florian unaufhörlich schrie, er wolle das werden was Herr Baptiste sei, gab er ihm schließlich eine ordentliche Tracht Schläge. Nach einem Jahr, das unter Prügeln, theoretischen Diskussionen und verstiegenen Versprechungen hinging, mußte Dugué dem inneren Beruf seines Sohnes nachgeben, der Vernunftgründen unzugänglich blieb und durch Prügel nur noch gereizter wurde. Er willigte also ein, daß sein Sohn als Groom unter der Leitung des ausgezeichneten Herrn Baptiste ins Schloß eintrat. Lakai! Sein Sohn ein Lakai! Das war das Ende einer langen Reihe von Ahnen mit schwieligen Händen und gebeugtem Rücken, die aus der Ackererde emporgewachsen waren, geachtet von den Menschen, die sie ernährt, gesegnet von Gott, dessen Schöpfungswerk sie fortgeführt hatten!

Das war eine grausame Wunde für ihn, aber sein starrsinniger Bauernstolz empörte sich, und er befahl, daß man ihm niemals von seinem Sohne spreche. Indessen, nach und nach nahm sein Ärger einen weniger dramatischen Charakter an, und seine Wut machte einer hämischen Gleichgiltigkeit Platz. Er nannte seinen Sohn spöttisch den »Marquis«, und wenn Frau Dugué einen Brief von Florian erhielt, so war das für ihn ein Thema unaufhörlicher Verhöhnungen.

Nachdem er zehn Jahre lang auf den verschiedensten Dienstplätzen herumgeworfen worden war, schien Florian endlich bei einem Bankier festen Fuß gefaßt zu haben, der sehr fette Gagen zahlte und wo es auch nebenbei hübsch was zu verdienen gab. Er hatte viel Schliff angenommen, trug die Livrée mit vornehmer Leichtigkeit und zeigte außerhalb des Dienstes die Eleganz eines Dandy. Er hielt sich sorgfältig auf dem Laufenden über die Pariser Klatschgeschichten und verkehrte nur in den allerfeinsten Domestikenkreisen. Da ihm der Name Florian zu ordinär schien für den Kammerdiener eines Bankiers, hatte er seinen Herrn gebeten, ihm den weit distinguierteren Namen Justin zu geben. Im Dienerzimmer nannte man ihn Herr Justin.

Herr Justin empfand das Bedürfniß, einige Tage in seinem Geburtsort zuzubringen, um dort mit dem Luxus seiner Anzüge, seiner Uhrketten und seiner Lackschuhe zu prunken. Er wollte sich an der Verblüffung seiner armen Landsleute weiden, an der Neugierde und an dem Respekt, den seine tadellose Haltung unfehlbar bei den bewundernden Bauern erwecken mußte. Er packte seine kostbarsten Krawatten, Gilets und Hosen in einen Koffer und reiste nach Freulemont. Der alte Dugué kam gerade, sein Werkzeug auf der Schulter, von der Arbeit, als der Wagen, der Herrn Justin vom Bahnhof brachte, vor dem Hause hielt. Justin stieg elastischen Schrittes aus und ging lächelnd auf seinen Vater zu. Aber der alte Dugué wies mit einer Handbewegung den freudigen Gruß des Heimgekehrten von sich. Mit einer Miene voll souveräner Verachtung maß er seinen Sohn von den Füßen bis zum Kopf und sagte dann kalt:

»Ich brauche hier keine Dienstboten mein Lieber, ich kann unseren Nachttopf ganz allein ausleeren.«

Er kehrte ihm den Rücken und schlug ihm die Tür vor der Nase zu.

»Ob das nicht ein Elend ist!« sagte der alte Dugué später. »Stellen Sie sich vor, er hatte spitzige Schuhe, der Marquis, spitzig wie der

Schweif von unserer Sau, und einen Hut, der glänzte mehr noch als das Allerheiligste.«

Mit seiner Tochter war es wieder eine andere Geschichte. Man mußte sich wirklich schon fragen, was denn der Teufel diesen zwei mißratenen Kindern eingegeben hatte. Fanchette galt ohne Widerrede für das hübscheste Mädchen der Gegend. Sie hatte ein liebes Gesicht, rot wie ein Apfel und immer fröhlich, feste Gliedmaßen und kecke Augen. Dabei war sie frisch bei der Arbeit und unermüdlich beim Vergnügen; es gab keine Zweite, die es den jungen Burschen so aufmischen konnte. Es fehlte ihr auch nicht an Verehrern, und manche waren darunter, die ein hübsches Stück Land besaßen. Keine in Freulemont, in Boulaie-Blanche, in Patis, in Bois-Clair, in Quatre-Fétus, in Boissy-Mangis, konnte sich rühmen, so viel gierige Augen, offene Mäuler und verlangende Arme, sich huldigen zu sehen. Da war besonders der Sohn von Pitant, der Fanchette nicht von der Falte ging. Und der Sohn von Pitaut, das wäre eine famose Partie gewesen. Dugué übersah die Schwierigkeiten nicht, die sich dieser Heirat entgegensetzten, aber er rechnete auf die Geschicklichkeit seiner Tochter, sie zu überwinden. Er hoffte insgeheim, daß es ihr nötigenfalls gelingen werde, ein Kind von diesem albernen jungen Pitaut zu bekommen, und war Fanchette einmal so weit, dann stand ja alles gut, dann mußte wohl oder übel die Sache amtlich und kirchlich in Ordnung gebracht werden. Das war, alles in allem, ein ganz honetter Ideengang, da es ja doch eine Heirat und eine Ehe zwischen braven Bauersleuten galt. Gewiß, er hätte es nie zugelassen, daß Fanchette irgendeine Dummheit um ihrer selbst willen gemacht hätte. Aber da es sich hier darum handelte, eine ernste Partie zustande zu bringen, so konnte doch wohl niemand an so etwas Anstoß nehmen.

Eines Sonntags erklärte Fanchette, sie wolle sich dem François Béhu versprechen. Wenn dem alten Dugué eine Fuder Heu auf den Kopf gefallen wäre, er hätte nicht betroffener sein können.

»Ah, verfluchtes Weibsstück!« schrie er bei dieser unerwarteten Enthüllung. »Du bist ja ganz so wie der Marquis! Du schämst dich, zu uns Bauern zu gehören! Du mußt einen Stadtjungen haben! François Béhu, nein da schau her, François Béhu, ein Mensch, der nicht einmal von unserer Gegend ist. Ein Lümmel, der nicht einmal

Wicken von Hanf unterscheiden kann! Ein Tunichtgut, der in der Fabrik arbeitet, der einen Schnurrbart trägt! Du wirst ihn nicht heiraten, hörst du wohl, du wirst ihn nicht heiraten!«

»Und ich sag' dir«, antwortete Fanchette, »ich sag' dir, ich werde ihn heiraten! Er gefällt mir, na also. Ich will ihn haben und ich werde ihn heiraten. Und just werde ich ihn heiraten! Und du brauchst mit mir nicht so zu schreien ... überhaupt, ich pfeif' auf dich!«

»Ah, du pfeifst auf mich, Luder, du pfeifst auf mich! Na, wart', wart'!«

Dugué hatte beide Arme zum Schlag erhoben. Fanchette stand herausfordernd ihm gegenüber, die Arme in die Hüften gestemmt, und sah ihrem Vater mit wutsprühenden Augen gerade ins Gesicht.

»Schlag' nur zu, roher Kerl,« sagte sie. »Du wirst mich doch nicht daran hindern. Und wenn Du alles wissen willst – ich bin schwanger, schwanger von ihm! Jawohl, schwanger von François Béhu!« Und mit vorgestrecktem Hals ging sie auf ihn los und schleuderte ihm diesen Namen mitten ins Gesicht.

Wie von einem Keulenschlag betäubt, von diesem Namen wie von einer hundertschwänzigen Peitsche getroffen, taumelte Dugué zurück und ließ, mit einer großen Geste vollständiger Erschöpfung, die Arme am Körper herabsinken. Ihm blieb der Verstand stehen. Seine Begriffe von Gerechtigkeit, Eigentum, Ehe waren so durcheinander gerüttelt, daß er sich nicht mehr darin zurechtfand. Und doch blieb ihm in der großen Verwirrung noch eine letzte Hoffnung. Fanchette hatte sich vielleicht geirrt. Er stammelte:

»Bist Du ganz sicher, daß es von ihm ist? Denk' nach! Bist du sicher, daß es nicht vielleicht vom jungen Pitaut ist?«

Fanchette zuckte mit den Achseln.

»Hältst du mich für so Eine? Möchtest du vielleicht, daß ich mich mit Jedem abgebe?«

Nein, gewiß, das wollte er nicht. Aber der junge Pitaut war eben nicht ein Jeder, zum Satan! Da sie sich schon einmal mit einem eingelassen hatte, warum hatte sie nicht *den* gewählt, einen braven, anständigen Menschen, der Religion besaß und einen prachtvollen Hof obendrein? Niemals, nein, niemals würde er so etwas zulassen.

Das also war das Ende! Keiner von den schönen Träumen, die ihm der Gedanke an die Zukunft seiner Kinder vorgespiegelt hatte, sollte Wirklichkeit werden! Beide, der Sohn und die Tochter, entehrten seinen Namen. Der eine putzte die Nachttöpfe der Vornehmen aus, die andere hatte sich gar in einen schlechten Kerl verliebt, der weiß Gott woher gekommen war und in den Fabriken, mit weiß Gott was seine Zeit zubrachte. Einen netten Herrn würde er da zum Schwiegersohn bekommen! Betrunken, lasterhaft, verschwenderisch, republikanisch, das versteht sich von selbst; so sind sie ja alle, die Fabriksarbeiter. Ah, das konnte ja recht angenehm werden! Übrigens, hatte er nicht einen Schnurrbart, dieser François Béhu? Und der Schnurrbart – das sagt Alles! Wie alle anderen Bauern seiner Rasse, welche die alten Gewohnheiten hoch halten und die hergebrachten Traditionen auf das Strengste hüten, haßte Dugué die Leute, welche einen Schnurrbart trugen, ob sie nun Ackerbauer oder Gewerbetreibende waren. Der Schnurrbart war für ihn der Inbegriff der Empörung, der Faulheit, der Aufteilung der Güter, aller umstürzlerischen Gelüste, die von den großen Städten auf das flache Land herüberwehen, kurz, einer ganzen Reihe schrecklicher und neuartiger Dinge, an die er nicht denken konnte, ohne daß sich ihm die Haare auf dem harten, eckigen Schädel vor Entsetzen sträubten. Das Laster, das Verbrechen, die Revolution, alles was ihn beunruhigte, wenn er Zeit zum Nachdenken fand, erschien ihm in der symbolischen Gestalt eines furchtbar drohend aufgestellten Schnurrbartes. Und das hatte seinen guten Grund; denn seitdem er lebte, hatte er in Freulemont und anderwärts gesehen, daß alle Unbotmäßigen, alle schlechten Kerle, gefährliche Wildschützen, Diebe und Leute, die im Konkubinat lebten, daß alle diese Menschen Schnurrbarte trugen, wie François Béhu.

Schließlich aber konnte er, so wie er den Wünschen Florians hatte nachgeben müssen, auch nichts mehr dagegen einwenden, daß Fanchette den »Schnurrbärtigen« heirate. Zu seinem Troste sagte er sich, daß er ja die Prügel nicht spüren werde, die sie von ihrem Mann erhalten würde. Die Hochzeit wurde recht lustig gefeiert. Die Musik spielte, und Frau Dugué komponierte ein üppiges Mahl, bei dem sich jeder mit Apfel- und Birnenwein volltrank.

V.

Nun war der gute Mann alt geworden. Sein rotes, von Furchen zerrissenes Gesicht war von weißen Haaren beschattet; sein großer, knorriger und magerer Leib, ehedem so robust, war gebrochen und beugte sich immer mehr zur Erde, wie die abgeästeten Baumstämme an den Flußabhängen. Die Kraft verließ seine Glieder, die unter der geringsten Last zitterten, bei der geringsten Anstrengung erschöpft waren. Er sah sich gezwungen, die Arbeit gänzlich stehen zu lassen.

An dem Abend, als er zum letztenmal von der Arbeit heimkam, ging Vater Dugué, bevor er sein Arbeitsgerät für alle Zukunft zu untätiger Ruhe in den finstersten Grund des Kellers legte, in den Garten hinaus, von wo aus man über die beschnittene Dornenhecke hinweg die weite Flucht der Felder übersehen konnte. Unter dem dämmerigen Himmel schlief das Ackerland in seiner ewigen Schönheit und Kraft. Der gährende Saft arbeitete darin, wie das Blut in den Adern junger Menschen arbeitet. Und lange betrachtete er die Erde, seine heißgeliebte stolze Erde; die Erde, die unter dem Schnee des Winters nicht erfriert, unter dem Brand der Sommersonne nicht verdorrt, die ewig erzeugt und immer in neuem Glanz wiederersteht, auf der Menschen, Gedanken und Epochen vorüberziehen, ohne eine Spur ihrer Kämpfe, ihres Mißgeschickes, ihres Unterganges zurückzulassen; die Erde, wo er selbst bald seine Arme ausruhen würde, die schon zu schwach waren, um sie festzuhalten, wo sein Leib gebettet sein würde, der zu alt war, um sie zu befruchten. Die Ähren wiegten sich leise auf den schwankenden Halmen, die Haferfelder warfen dunkle Wellen, die hin und her schaukelten wie leichter Nebel über den Wiesen, der Klee, den noch ein letzter Lichtstrahl streifte, schien stellenweise blutigrot, und in den Flammen des Sonnenunterganges schüttelten die vereinzelten Apfelbäume ihre phantastischen Kronen, die aussahen wie verzerrte Hexengesichter. Ein Weib ging vorüber und trieb ihre Kuh mit einem Stecken vor sich her. Er hörte das Trippeln einer Schafherde, die zu den Hürden heimwärts zog; dann eine Stimme, die langsam, in der Ferne verklingend, sang:

>>Bauer, schneid' dein Gras im Regen,
Fürs Heu ist die Sonne der rechte Segen.<<

Und zum erstenmal in seinem Leben weinte der alte Dugué!

VI.

Seine Frau und er hatten einen Sou auf den anderen gelegt und so ein kleines Vermögen erspart, das ihnen vierhundert Franks Rente brachte; dazu kamen die Einkünfte der Frau Dugué, die nach wie vor in die Arbeit ging und mehr als je als Hochzeitsköchin gesucht war. Davon konnten sie sorglos und glücklich, vor Hunger und Kälte geschützt, leben, ohne irgend was erbetteln zu müssen. Vater Dugué war jedoch nichts weniger als glücklich. Vor allem wußte er nicht, wie er die Tage verbringen sollte, die ihm furchtbar lang und leer erschienen. Planlos, fast unbewußt, lief er zwischen dem Obstgarten und den Gemüsefeldern hin und her, jätete hier, schaufelte dort; aber diese Kleinarbeit, ehedem bloß seine Sonntagszerstreuung, genügte nicht, ihn die ganze Woche ausreichend zu beschäftigen. Nein, zum Privatier war er nicht gemacht und er fühlte, er würde sich niemals daran gewöhnen können. Er verlegte sich darauf, Arbeiten zu erfinden, um sich über seine Langweile hinwegzutäuschen, zimmerte eine Leiter, ersetzte die alten Holzstangen im Garten durch neue, baute einen Schuppen aus vorrätigen alten Latten, und als er mit alledem fertig war, stand er ganz verzweifelt vor der furchtbaren Frage: »Was nun?« Er kam auf die Idee, Hühner und Kaninchen zu züchten. Die Hühnerzucht würde ihm vielleicht Spaß machen; und jeden Tag Gras zu mähen für die Kaninchen, das wäre ein ganz guter Zeitvertreib. Als braver Mensch und tüchtiger Arbeiter, der in der ganzen Gegend hohe Wertschätzung genoß, hatte er den Vorzug, daß sich auch die Schloßherrschaft um ihn kümmerte. So wurde er manchmal damit beauftragt, die Alleen zu säubern, das welke Laub zu rechen, oder er stand dem Schloßfräulein, das sich als Malerin versuchte, Modell.

Indessen, wiewohl Vater Dugué nach und nach wieder eine gewisse Regelmäßigkeit in sein Tagewerk gebracht hatte – er langweilte sich. Er hatte Heimweh nach den Feldern. Bei schönem Wetter streifte er oft in den Äckern umher, um seine Kameraden bei der Mahd oder beim Garbenbinden zu besuchen. Aber von diesen Spaziergängen kam er stets mißvergnügt zurück, mit einem nur noch heftigeren Abscheu vor seinem Müßiggange, mit schmerzlichen Gedanken, die ihn noch tiefer in seine melancholische Stimmung und in das Weh um die Vergangenheit versenkten. Das brachte auch eine merkliche Verbitterung mit sich. Alles gab ihm Anlaß zu zänkischen Ausstellungen; er wurde anspruchsvoll, reizbar, sekant, boshaft. Er, der früher die häufige Abwesenheit seiner Frau so leicht ertragen hatte, war jetzt darüber aufgebracht, daß sie immer außer Haus ging, er warf ihr vor, daß sie ihn im Stiche lasse und zu den Kindern halte, um ihn einsam sterben zu lassen. Das sei doch ein Unglück für einen Mann in seinem Alter, nach einem Leben voller Plage, nun vom Morgen bis in die Nacht allein zu bleiben, wie ein armer räudiger Hund, seine Suppe selber kochen zu müssen und niemals einen guten Brocken zu bekommen, während seine Frau sich bei Hochzeiten und in Privathäusern unterhält und sichs bei fetter Nahrung wohl sein läßt! Und manchmal, wenn der alte Mann Mittags vor seinem gewohnten steinernen Topf mit Suppe saß – einer Suppe, die oft noch vom Vortag und ganz erkaltet war – da machte ihn der Gedanke wütend, daß seine Frau mit leuchtenden Augen und geröteten Backen Kuchen und saftige Fleischbrocken lustig verspeist, und er sagte sich:

»Sie kümmert sich einen Teufel um mich! Aber das kann nicht so bleiben, nein, das kann absolut nicht so bleiben!« Da dämmerte ihm der Gedanke auf, fortzuziehen, sehr weit, alles im Stiche zu lassen, und allein ein neues Leben der Arbeit zu beginnen; ja, die Möglichkeit einer Scheidung spukte momentweise in seinem Kopfe. Ach, wozu hatte er geheiratet? Was hatte er von seiner Frau gehabt, als eine Flut von Ärger und Plagen?

An den Tagen, wo die alte Dugué sich herbeiließ, zuhause zu bleiben, ging er mit dem frühesten Morgen, eine Brotrinde in der Tasche, aus dem Hause und streifte, unter dem Vorwande, dürres Holz zu suchen, bis in die späte Nacht in den Tannenwäldern umher.

Jahre und Jahre gingen hin über den drei wichtigsten Ereignissen seines Lebens, dem Tod seines Schwiegervaters, dem Abschied seines Sohnes und der Heirat seiner Tochter. Aber die schmerzliche Erinnerung daran blieb unverwischt, und er sprach nie anders davon, als mit einer stets wachsenden Bitterkeit. Der »Marquis«, der eine glänzende Carrière machte, war nur zweimal zu kurzem Besuch in Freulemont erschienen. Madame Béhu aber kam alle Sonntage mit dem »Schnurrbärtigen« zu ihrem Vater. Doch der Alte schien ihre Gegenwart kaum zu bemerken. Meistens benützte er übrigens die Zeit dieser ihm unangenehmen Visiten dazu, durch die Felder zu spazieren oder möglichst weit von der Wohnung irgend einer rätselhaften Beschäftigung nachzugehen. Er trug es Fanchette nicht nur nach, daß sie ihn in seinen Hoffnungen getäuscht hatte, indem sie François Béhu heiratete, er konnte auch die neuen Manieren einer Stadtdame nicht leiden, die sie dort angenommen hatte. Er machte eine verächtliche Geberde, wenn er sie so sah, »herausgeputzt wie einen Wurstel« ohne Haube, mit zerflatternden Haaren, einen Chignon auf dem Scheitel und wirre Locken auf der Stirne wie die Zotten eines Schäferhundes. Und sie hatte eine schnarrende, gezierte Art zu sprechen angenommen, ein angelerntes Wiegen mit dem Hintern und andere städtische Affereien, die er nicht sehen konnte. Manchmal machte Frau Dugué, ihrer Tochter zu Ehren, ein gutes Nachtmahl; sie schlachtete ein Huhn oder kochte einen Hasen in Pfeffersauce. Das empörte den Alten. Er verbot, sein Geflügel und seine Hasen anzurühren, denn die gehörten ihm, nur ihm, er plagte sich mit ihrer Pflege und er wollte auch den Genuß haben sie zu essen, ganz allein, oder sie auf den Markt zu bringen, wenn es ihm beliebte. Ah, mit ihm würde man gewiß nicht so viel Umstände machen! Hatte seine Frau auch nur ein einzigesmal im Leben daran gedacht, ihm etwas Gutes vorzusetzen? Ah, jawohl! Wenn es was Gutes gab, war es immer für sie und für die anderen, niemals für ihn! Er war es überdrüssig, von einem Haufen Fresser, Faulenzer und Lumpen ausgebeutet zu werden! Fanchette und der »Schnurrbärtige« sollten Suppe essen, wie er, und wenn ihnen das nicht schmeckte, so konnten sie ja zuhause bleiben und sich dorten gütlich tun. Er würde sie nicht daran hindern, im Gegenteil, er wäre sie ganz gerne los. Und der alte Dugué setzte sich schimpfend an eine Ecke des Tisches vor seine Suppe hin, die er demonstrativ hinunterschlürfte, und die, schlecht und kalt wie sie war, einen erhabenen Protest gegen den Hasenbraten darstellte, den die anderen schmatzend verzehrten. Dann ging er schlafen mit der Drohung, alles hinauszuschmeißen, den Tisch und die Leute, wenn man nicht still sein und ihn schlafen lassen wollte. Er sei doch noch wenigstens Herr in seinem Hause.

Seit einiger Zeit wurde in der Gegend viel über Fanchette herumgeredet. Es war nichts sehr Schönes, und in ihrer Stadt hatte sie sogar einen abscheulichen Ruf. Bald war sie im Wald in Giroux, bald wieder in einem Weizenfeld von Nachbarinnen mit Männern überrascht worden, mit denen sie nicht gerade blinde Kuh spielte. Auch bei ihr zuhause kamen die Verehrer reihenweise, einer nach dem anderen, junge Leute, verheiratete Männer, und sogar feine Herren. Es war zu Skandalen und mehreren Prügelszenen gekommen; mit einem Wort, eine ganz gehörige Schandwirtschaft. Übrigens tat sich Fanchette gar keinen Zwang an, und wenn das so weiterging, stand zu erwarten, daß sie sich bald, schlimmer als eine Hündin, in ihrer ganzen Lasterhaftigkeit auf offener Straße zeigen werde. Der alte Dugué nahm alle diese Geschichten mit einer tiefen Genugtuung zur Kenntnis. Dennoch wollte er anfangs zweifeln und meinte, das wären nur boshafte Klatschgeschichten, Racheakte von Weibern, die auf Fanchette eifersüchtig waren; doch als man ihm unwiderlegliche Beweise des schändlichen Treibens seiner Tochter gegeben hatte, da kannte seine Befriedigung keine Grenzen. Nicht das freute ihn so, daß Fanchette sich amüsierte. O, nein! Denn vor allem hielt er doch auf Moral und hatte über Frauenehre und Religion sehr strenge Ansichten; aber da das Übel einmal existierte, konnte es ihn nur freuen, daß es fast auf das Haupt des François Béhu gefallen war. Er sagte: »Das geschieht ihm schon recht, ha, ha! Warum hat er sie geheiratet!« Und bei dem Gedanken, daß der »Schnurrbärtige« jetzt unglücklich und lächerlich sei, daß er vielleicht weine und sich nicht mehr in der Straße zu zeigen wage, glitzerten die Augen des alten Bauern, und er lächelte hart, grausam und wild.

Von dem Moment an zeigte er ein etwas freundlicheres Benehmen gegen seine Tochter, die ihn an François Béhu rächte. Er ließ sich herab mit ihr zu scherzen und vergaß sich in einer Aufwallung von Erkenntlichkeit sogar soweit, daß er sie auf beide Wangen küßte, was ihm seit zehn Jahren nicht passiert war. Sonntag, wenn sie alle beisammen saßen, blieb er zwar immer noch unbeugsam, was das Geflügel und die Hasen anlangte, aber er schwätzte, wurde lebhaft und erzählte schlüpfrige, cynische Geschichten von Gehörnten. Dabei ging sein boshafter Blick unaufhörlich zwischen der immer lustigen Fanchette und dem traurigen, bekümmerten Béhu hin

und her. Die Traurigkeit seines Schwiegersohnes, die er erst bemerkt hatte, seitdem er von seinem ehelichen Unglück wußte, war
ihm ein Hochgenuß, der ihn für alle Enttäuschungen der Vergangenheit entschädigte. Und er war unbarmherzig in seinen Scherzre-
den. Für den allerbesten Spaß hielt er es, die Stirne des »Schnurrbärtigen« zu betasten und ihm zu sagen: »Was hast du denn da, mein
Sohn? Mir scheint, da wächst dir etwas.« Und der unglückliche
Béhu ließ sich jedesmal mit diesem Witz seines Schwiegervaters
fangen, hob mechanisch die Hände zur Stirne, wurde rot, rollte
seine sanften, stumpfen Ochsenaugen, während der Alte sich vor
Lachen schüttelte und immer wiederholte: »Was wächst dir denn
da? Was wächst dir denn da?« Diese zeitweilige Lustigkeit änderte
aber nichts an seinem Charakter, der immer zänkischer und despo-
tischer wurde.

Eines Morgens erwachte der alte Dugué mit einem schweren
Kopf und starken Schmerzen im Bauch. Er stand dennoch auf und
ging, ein wenig greinend, seinem gewohnten Tagewerk nach. Aber
seine schwachen, mürben Arme wollten ihm nicht gehorchen, seine
Beine zitterten, wie Schilfrohr im Wind, und eine große Kälte kam
über ihn. Wiewohl er sich leidend fühlte, wollte er an seinen Mahl-
zeiten nichts ändern, die aus nichts anderem bestanden, als aus
einer Birne des Morgens, einer Suppe zu Mittag und wieder einer
Suppe um sechs Uhr Abends. Vergebens bemühte sich seine Frau,
ihn zu pflegen, ihm eine bessere Nahrung aufzudrängen, er wollte
von nichts hören. Bei dem Worte »Arzt« bekam er einen Wutanfall.
Inzwischen verschlimmerte sich das Übel, die Schmerzen im Bauch
wurden heftiger, unerträglich. Sein beklemmter Athem machte ein
Geräusch wie ein alter, durchlöcherter Blasebalg, sein Kopf saß ihm
so schwer auf den Schultern, daß er ihn nicht mehr aufrecht tragen
konnte, und es schien ihm, als müßte dieses furchtbare Gewicht
seinen ganzen Körper in einem Taumel mit sich reißen. Er legte sich
zu Bette.

VII.

In dem hohen mit dunklem Creton bespannten Bett lag der alte
Dugué regungslos mit weitgeöffnetem Munde auf dem Rücken. Die
Blässe des herannahenden Todes hatte sein sonnverbranntes Ge-
sicht kaum merklich verfärbt. Die beiden Arme streckten sich kraft-

los über das graue Linnen der Decke und seine enormen Hände mit den knotigen, beinahe schwarzen Fingern sahen aus wie Baumwurzeln, die der Sturm aus dem Boden gerissen hat. Nichts Lebendiges war in ihm, als seine Augen, die kleinen Augen, durch deren halbgeschlossene Lider die ersterbende Flamme eines harten, zornigen Blickes flackerte, wie zwischen den Brettchen einer Jalousie der letzte Rest des verlöschenden Tageslichtes durchschimmert. Obwohl er sich nicht rührte und auf die Fragen, die man an ihn richtete, keine Antwort gab, war sich der Sterbende dessen sehr wohl bewußt, was um ihn her vorging.

Er hatte soeben den Pfarrer an sein Bett herankommen gesehen, hatte gehört, wie er Gebete flüsterte, vom lieben Gott sprach und ihn ermahnte, fromm zu sterben. Nun sah er durch die offene Tür, wie das letzte Abendrot in großen Strömen von Gold und Purpur auf das Land niedersank, wie die Vögel auf den Buchenzweigen einander haschten und mit ihren hellen Trillern das Totenfeuer der Sonne grüßten, die er nun nicht mehr anschauen sollte. Er sah die Nachbarinnen auf der Schwelle stehen bleiben, den Hals vorstrecken, mit gedämpfter Stimme einige Worte murmeln und mit ihren klappernden Holzschuhen ihres Weges weiter gehen. Aber alles das interessierte ihn nicht. Florian saß da in einem karrierten Anzug, den Hut auf dem Kopf und putzte Schwämme, die er im Walde gesucht hatte. Fanchette, deren Haare zerzauster waren als jemals, strickte mit gleichgültiger Miene eine Kapuze aus schwarzer Wolle. Frau Dugué, die Ärmel bis zum Ellbogen aufgeschürzt, zerlegte sehr geschäftig und mit gewohnter Meisterschaft ein Huhn für das Nachtmahl. Ihm entging nicht die kleinste Bewegung seiner Frau und sein Blick – der letzte Blick, den sonst Sterbende dem Irdischen zu entreißen trachten, um ihn in die Weite geheimnisvoller Ewigkeiten zu tauchen – sein Blick ging beständig zwischen der Frau und dem Huhn hin und her. Das war es, was ihn in dieser erhabenen und furchtbaren Stunde gänzlich in Anspruch nahm. – Das Huhn! Das Huhn, das allen Groll seines gierigen Lebens ohne Güte nun in sich vereinigte, alle Bitterkeiten seines egoistischen und verlassenen Alters! Keine selige Erinnerung an die Vergangenheit, kein Schrecken vor der Zukunft, der er entgegenging. Keine Bewegung, keine Träne, keine Reue, noch auch das Bedürfnis, das auch der Roheste hat, in seiner eiskalten Hand die sanfte Wärme einer geliebten Hand zu spüren, oder auf seinen Lippen, die sich für immer schließen sollen, den trostreichen Hauch einer teuren Lippe. Nicht einmal für die Erde hatte er einen Gedanken, die Erde, die er verlassen hatte und nun wiederfinden sollte, die Erde, welche die einzige Leidenschaft seines Lebens gewesen war und die seine Verzeihung im Tode sein konnte. Hatte er von ihr nicht schon Abschied genommen, an jenem Abend im Garten? Und dieser Abschied hatte ihn für immer von allem losgelöst, was in seiner Seele Großes, Gutes, Menschliches war. Man sagt, daß die Engel mit ausgebreiteten Flügeln zum Bette der Sterbenden kommen, um ihre letzte Bitte zu empfangen und in den Himmel hinaufzutragen. Sein Engel war das Huhn, das gefräßige, stumpfe Huhn, das ihm die Augen auspickte, das Herz abfraß, an den Eingeweiden nagte! Er versuchte seine letzten Kräfte zusammenzuraffen, um einen Wutschrei auszustoßen. Aber der Schrei verlor sich in einer so schwachen Klage, daß man sie kaum vernahm.

»Gib doch deinem Vater einen Löffel Medizin!« sagte Mutter Dugué zu Fanchette, »inzwischen will ich das Huhn an den Spieß stecken.«

Fanchette strengte sich vergebens an, den Löffel zwischen die zusammengepreßten Zähne des alten Dugué hineinzuschieben. Die Medizin wurde verschüttet und floß zu beiden Seiten des Mundes auf den Hals und die Brust herab. Sie wischte ihn vorsichtig mit dem Zipfel der Decke ab, und betrachtete dann ihren Vater. Das Auge des Greises starrte sie mit einem so häßlichen und grauenhaften Ausdruck an, daß sie sofort schaudernd davonlief.

Es wurde Nacht. Durch die noch immer offenstehende Tür konnte man über den massigen Schattenrissen der Bäume nur mehr ein Stückchen mattglänzenden Himmels sehen, an dem bereits die Sterne strahlten. Auf ihrem Heimwege blieben die Leute vor dem Hause stehen, erkundigten sich nach dem Befinden des Kranken; auf der Straße zogen in unbestimmtem Dämmer die Profile von Menschen und Tieren vorbei. Das Zimmer war nur durch die Kaminflamme erhellt, die an den Wänden und auf der Decke große phantastische Schatten tanzen ließ und einen unruhigen rötlichen Schein auf das Bett warf. Ein gelber Hund schlich mehreremale, nach dem Huhn schnuppernd, heran. Frau Dugué mußte ihn mit dem Fetzen davonjagen.

Die Agonie begann. Erst ein stilles Röcheln, ein leiser, tiefer Ton, wie das Schnurren einer Katze, dann schwoll der Ton und wurde wie der eines Schmiedebalges; ein Pfeifen und Schluchzen ließ sich zwischendurch hören. Der alte Dugué blieb unbeweglich, immer in derselben Lage hingestreckt. Nur seine großen Hände bewegten sich, drehten sich hin und her und kratzten krampfhaft auf der Decke. Eisiger Schweiß rann über sein Gesicht, das zusammenschrumpfte und eine erdige leichenfahle Färbung annahm. Florian und Fanchette verließen das Bett nicht, während Mutter Dugué unaufhörlich zwischen dem Sterbelager und ihrem Huhn hin und herging, auf das sie prasselnde Butter aus der Bratpfanne träufte. Bald wurde das Röcheln schwächer, hörte endlich ganz auf. Die Hände blieben wieder unbeweglich. Es war zu Ende. Der alte Dugué hatte sich nicht gerührt, und sein Auge, das nicht mehr sehen konnte, doch im Tode noch seinen harten grausamen Blick behielt, war, furchtbar weit aufgerissen, auf das Huhn gerichtet, das am Spieße summend briet und über der hellen Flamme sich goldig färbte.

»Er ist tot,« sagte Mutter Dugué, welche die Hand auf die Brust ihres Mannes gelegt hatte. »Fanchette, gib mir den Spiegel her; den will ich ihm doch noch unter die Nase halten.« Der Spiegel lief nicht an.

»Er ist richtig tot«, wiederholte Mutter Dugué.

Florian und Fanchette beugten sich ein wenig zur Leiche ihres Vaters hinan und hoben nacheinander seine Arme auf, die schwer zurücksanken.

»Ja,« sagten sie, »er ist richtig tot.«

Alle drei verharrten einige Minuten in verlegenem Schweigen.

»Ich dachte nicht, daß er so schnell hinübergehen wird,« sagte Mutter Dugué kopfschüttelnd. »Na ja, er war gewiß kein sehr angenehmer Umgang, unser Vater Dugué; aber immerhin, es tut einem wehe....«

Und auf den Leichnam zeigend, fügte sie in einem beinahe respektvollen Tone hinzu:

»Ich will im anderen Zimmer nachtmahlen.«

Warum Pitaut traurig war.

I.

Schnaufend, fluchend und spuckend zäumte Pitaut seine Pferde im Stalle auf und rüstete sich, um aufs Feld zu fahren. Eine Laterne in Hornfassung erhellte die Decke, zwischen deren zersprungenen Brettern zerzauste Heubüschel herunterhingen. – An den schmutzigen, mit Unrat befleckten Wänden huschten die enormen Schatten der Tiere hin. Louise, die Magd, erschien an der Tür des Stalles. »Herr!« rief sie, »Herr!«

»Was gibt's wieder?« fragte Pinaut, der eben die Schnüre des Leitseils zusammenband und zu einem breiten Knoten rollte. »Was gibt's wieder?«

»Sie müssen schnell kommen, ich weiß nicht, was unsere Caille hat, sie will nicht aufstehen. So oft ich ihr auch mit dem Fuß in den Hintern stoße, sie rührt sich nicht. Und dann schnauft sie so, Herrgott, wie die schnauft!«

»Ah, ah! Du sagst also, daß sie nicht aufstehen will, das Luder?«

»Gewiß nicht.«

»No, no! Wart' nur....«

Pinaut nahm die Laterne vom Haken und ging mit der Magd. Draußen dämmerte noch kaum der Morgen frostig und bleich herauf. Es herrschte Nebel, jener gelbe Novembernebel, in dem Erde und Himmel verschwimmen, ein Nebel, hinter welchem Bäume und Häuser nur in schwachen Umrissen erscheinen, sich verwischen und mit der dicken farblosen Atmosphäre in ein trübseliges Bild des Nichts zusammenfließen. Auf dem Hofe waren die Hühner bereits vom Hahnenschrei erwacht und machten sich auf dem Misthaufen zu schaffen. Am Rande des schmutzigen Tümpels glätteten die Enten ihre Federn. Während der Schafhirt mit seiner Herde gespenstisch im Nebel verschwand, trotteten langsam und schwerfällig die Kühe aus dem Stall zur Weide hin, brüllten mit vorgestrecktem Hals und kamen, eine nach der andern, um ihre Schulter an dem Stamm des Nußbaumes zu reiben, von dessen kahlen Zweigen der Nachttau in plätschernden Tropfen niederfiel.

Pitaut trat vor Louise durch die offene Stalltür. Drinnen war es warm wie in einem Dampfbad, scharfe und eklige Gerüche von Mist und warmer Milch erfüllten die Luft. Im Dunkel des Hintergrundes lag die Kuh auf einer Streu von schmutzigen Farrenkräutern. Ihre riesigen, ganz weißen Flanken bauschten sich auf und fielen wieder ein, wie ein Schmiedebalg in voller Tätigkeit. Ihre rot marmorierten Schenkel waren mit Unrat ganz besudelt. Und aus ihrer Schnauze, die sich auf die schmutzige Streu hinstreckte, kam das Geräusch eines kurzen, pfeifenden Atems. Louise leuchtete mit der Laterne, Pitaut beugte sich über die Kuh, prüfte sie auf das Genaueste, klopfte ihr mit seinen großen, bläulichen Händen die Glieder ab, zog die Augenlider auseinander und sah ihr in das sanfte, dumme Auge, das im Fieber glänzte.

»Na, meine Caille,« sagte er zärtlich, »na, meine schöne Caille! Was fehlt dir denn, Hühnchen? Wo tut's dir denn weh, sag', meine Prinzessin? Wo tut's dir weh?«

Er nahm aus der Krippe eine Runkelrübe, zerbrach sie und reichte die beiden Stücke, nachdem er sie vorher beschnuppert hatte, nacheinander der Kuh hin. Diese aber wandte den Kopf ab und rührte sich im übrigen nicht.

»Oh, oh,« murmelte er.

Sein Gesicht, das einem mit einer Mütze bedeckten Stück Erde glich, nahm auf einmal einen sorgenvollen Ausdruck an. Pitaut kratzte sich mehreremale den Kopf und versank in tiefes, peinliches Nachdenken, während Louise, die sich in den breiten Hüften wiegte, zerstreut den leeren Stall und das schwere Gebälk anschaute, das sich in dem schwarzen Winkel unter dem Dach verlor. Er warf die Stücke der Rübe in die Krippe zurück, kniete auf der Streu nieder, legte sein Ohr an die Brust der Kuh und schloß dabei die Augen, um mit größerer Sammlung horchen zu können. Eine scheußliche Ratte lief über einen Balken der Raufe und verschwand in einer Mauerspalte. Die Hühner kamen in den Stall hinein.

»Herrgott, wie sie schnauft!« schrie Pitaut und erhob sich. »Das brodelt nur so in der Lunge, wie junger Obstwein in einem Faß. Das Vieh ist krank, gewiß, krank ist sie, sehr, sehr krank, Himmelherrgott! Aber was hat sie nur, Louise?«

»Wie beliebt?«

»Geh', hol' aus der Hundehütte die Erdapfelsäcke und dann die alte Plache, du weißt, die alte Plache, sie liegt rechts über dem Waschtrog. Herrgott, wie sie schnauft!«

Die Magd gab die Laterne ihrem Herrn und ging fort, mit den Holzschuhen klappernd.

Beunruhigt, mit gerunzelten Brauen, begann Pitaut um die Kuh herumzulaufen, die immer stärker keuchte.

Die Furcht, sie zu verlieren, sie in kurzem da leblos, mit starren Gliedern ausgestreckt zu sehen, schnürte ihm das Herz zusammen; er spürte, wie die Angst ihn würgte, wie ein Schauder über seinen ganzen Körper lief.

Eine so schöne Kuh, die beste aus der ganzen Herde! Eine Kuh, die ihm täglich sechzehn Liter Milch lieferte und alle Jahre ein Kalb, das er um neunzig Franks auf dem Markte zu Echauffour verkaufte! Warum war sie krank? Mit welchem Rechte konnte sie ihn eines so rechtmäßigen und gesicherten Einkommens berauben? Hatte man sie vielleicht schlecht gepflegt? Hatte sie nicht immer gutes Gras, Möhren und Runkelrüben, so viel sie wollte? Er betastete ihr den Rücken, den Bauch, die Wamme, die Euter, hob ihr nochmals die geschlossenen Augenlider empor. Pinaut wußte nicht recht, sollte er auf sie wütend sein oder sie beklagen. Aber in der Angst, ihre Krankheit zu verschlimmern, wenn er sie roh behandelte, sprach er sanft zu ihr und überhäufte sie mit Zärtlichkeiten.

»Na, schöne Caille! Na, meine Prinzessin, mein Hühnchen, mein kleines!« Aber im Grunde seines Herzens hätte er sie »verfluchtes Luder« nennen, sie tüchtig bei den Hörnern schütteln und ihr die Hunde an die Beine hetzen wollen.

Louise kam zurück und brachte die Säcke und die Plache. Die beiden wickelten nun die Kuh mit zärtlichster Fürsorge schön warm ein, wie man es mit einem kleinen Kind macht.

»Na, arme Caille!« sagte Pitaut.

Und Louise antwortete jedesmal:

»Na, mein Engel, mein Hühnchen, kleines Ferkelchen, na, arme Caille!«

II.

»Willst du wohl still sein, schlimmes Kind!« schrie Frau Pitaut, während sie, vor einem Kupferkessel kauernd, die Hemdärmel aufgeschürzt, zwischen ihren Händen Erdäpfel zerquetschte, die sie dann mit Kleie und saurer Milch vermischte. »Wart, wart, Du wirst deine Prügel bekommen! Ich will dich lehren, so zu brüllen!«

Aber das Geschrei in der Wiege aus Weidengeflecht, die zwischen den beiden Betten stand, dauerte fort und verwandelte sich plötzlich in ein heiseres Geräusch, wie das Röcheln eines Kindes, das man erwürgt.

»Ah, verfluchter Balg! Ah, verrücktes Kind!« rief die Pächterin »Willst du wohl still sein!«

Vor dem rußigen Kamin saß Riquet, der Lieblingshund, und starrte auf die verglimmenden Reste eines Holzscheites. Zwei Katzen schliefen auf die warme Asche hingestreckt.

Frau Pitaut trat an die Wiege, in der das Kind noch immer schrie. Sein kleines Gesicht, mager, bleich, verrunzelt und ganz verzerrt, war erbärmlich anzusehen. Eine schlappe Haut bedeckte seine Augen und der Spalt zwischen den halbgeschlossenen Lidern sah aus, wie eine feuchte Wunde. Das Geschrei kam gewaltsam aus seiner zusammengepreßten Kehle, und sein Körper zuckte convulsivisch unter den grauen Leinendecken.

»Wann wirst du endlich genug gegreint haben, du schlimmer Bub!« sagte die Frau. Sie beugte sich über die Wiege, hob das Kind auf und schüttelte den ganz beschmutzten Strohsack.

»So geh,« setzte sie hinzu und legte ihn wieder nieder. »Geh' doch; wenn es auf dich ankommt, so hätte man nur mit dir zu tun.«

Sie ging von der Wiege fort und kauerte sich wieder vor den Kamin, dessen fast erloschenes Feuer sie von neuem anfachte. Der Hund erhob sich, lief im Zimmer herum, beschnupperte den Fußboden. Die Katzen erwachten, reckten sich und kletterten auf einen Stuhl. In diesem Moment trat Pitaut ein, von Louise gefolgt.

»Ich glaube, die Caille ist krank,« sagte er kopfschüttelnd, »sehr krank, jawohl, sehr krank!«

Die Frau, welche eben die Flamme anblies, erhob sich heftig.

»Was schwätzt du da? Was schwätzt du?« fragte sie erbleichend.

»Ich schwätze, daß die Caille sehr krank ist, das schwätz' ich! Ja sehr, sehr krank.«

»Was hat sie denn?«

»Ich weiß nicht. In der Lunge sitzt es. Sie frißt nichts und sie ist geschwollen!«

»Und sie schnauft,« bekräftigte Louise.

»Und sie ist sehr, sehr krank.« schloß Pitaut, und warf mit einer verzweifelten Bewegung seine Mütze auf den Tisch.

Frau Pinaut schwieg bestürzt. Es schnürte ihr das Herz zusammen, so plötzlich zu erfahren, daß die Caille, ihre schöne Milchkuh, schnaufte, geschwollen war, nichts fraß und sehr krank war. Sie stand wie betäubt da. Indessen, sie kam schnell zu sich und schrie, einen wütenden Blick auf Pitaut werfend:

»Sie ist geschwollen, sie schnauft! Und du, du stehst da wie ein Trottel und kratzt dir den Kopf. Du glaubst vielleicht, der Tierarzt ist nur für die Hunde da, du dummes Aas! Unser Vieh soll nur umsteh'n, das macht ja nichts, du rührst dich so wenig, wie ein Hackstock. Hast du ihr wenigstens frisches Stroh gegeben? O, du guter Himmelvater!«

Das Kind fing wieder an zu schreien, und die Wiege knirschte unter der Anstrengung dieses armen kleinen Wesens, das sich in seinen Schmerzen wand. Seine Stimme, bald schwach klagend, bald durchbohrend und ohrenzerreißend, dann wieder dumpf wie ein Röcheln, flehte in schmerzlichen Tönen. Aber weder der Vater noch die Mutter hörten diese Rufe, die sich nur in unartikulierten Lauten vernehmbar machten. Sie stritten weiter. Frau Pitaut sagte mit wütenden Gesten:

»Wenn du dastehst und mich mit offenem Maule angaffst, wird sie das gesund machen?« Dann wandte sie sich an die Magd und wetterte:

»Du bist schuld daran, miserable Kreatur! Du hast sie gewiß auf die Weide bei den Haselnußsträuchern geführt! Dort hat sie dann schlechtes Gras gefressen.«

Sie sank auf einen Stuhl, bedeckte das Gesicht mit der Schürze und weinte.

»Meine arme Caille ist vergiftet, hu, hu, hu!« Das Kind bekam einen furchtbaren Hustenanfall, man hätte geglaubt, daß sein Körper in einem letzten Krampf sich auflösen müsse. Pitaut hob seine Augen in der Richtung der Wiege, deren Weidengeflecht krachte und über deren Rand man zwei kleine magere Hände in heftigen Zuckungen sah.

»Ah, ist das der kleine Bub, der so heult?« fragte er. »Was heult er denn so?«

»Ah, nichts, das sind die Zähne ... Meine arme Caille! Hu, hu!«

»Also ich geh' den Tierarzt holen. Sie ist ja noch nicht tot. Du brauchst dir nicht im voraus darüber graue Haare wachsen zu lassen.«

»Meine arme Caille! Nie find' ich ihresgleichen, niemals! ... Willst du wohl still sein, verfluchtes Schwein! Wart', ich will dich durchprügeln!«

Aber Louise hatte das Kind genommen und während Pitaut seine Blouse anzog, stopfte sie, am Feuer sitzend, einen dicken, klebrigen Brei in den Mund des Kleinen, der strampelte, spie und röchelte.

III.

Doktor Ragaine lenkte, in einen warmen Wolfspelz gehüllt, seinen Tilbury über die Landstraße. Er suchte die tiefen Wagenspuren und die großen Steine zu vermeiden, deren runde Köpfe hie und da aus dem Straßenniveau auftauchten. Trotz seiner Vorsicht und der Gelehrigkeit seines Pferdes stießen die Räder manchmal gegen die Steine oder glitten in Erdlöcher, und der Wagen tanzte in seinen Federn wie eine Barke, wenn die See hochgeht. Es nieselte. Raben flogen hoch in der Luft über den grauen Himmel hin. Scharen von Drosseln flogen aus den Heckenrosen und Stechpalmen, welche die

Straße dicht umsäumten, erschreckt auf und ließen sich auf den Zweigen der nahen Apfelbäume nieder.

»Guten Tag, Herr Ragaine!« sagte ein dicker Mann, der durch eine Bresche in der Hecke geklettert war, und stellte sich mitten auf den Weg hin. Er war mit einem sehr kurzen Rock bekleidet und mit einer schmierigen Hose, die in vertretenen, kothbedeckten Stiefeln stak.

Der Doktor hielt sein Pferd an.

»Ah, Herr Thorel!« sagte er. »Guten Tag Herr Thorel! So früh am Morgen schon über Land?«

Thorel schnaufte einen Moment und nahm das Tuch aus grauem Leinen herunter, das um seinen Hals gewickelt war.

»Jawohl, Herr Ragaine. In Epine habe ich ein Stück Vieh mit einem Ausschlag zu behandeln, und da ging ich durchs Feld bis zu Pitaut, dessen Kuh an einer Lungenentzündung erkrankt ist. Seit vier Tagen behandle ich sie. Wir haben jetzt sehr viel Lungenentzündungen.«

»Ah, ich gehe auch zu Pitaut.«

»Ja, ja ich weiß wegen seines Kindes. Ich habe ihm geraten, Sie holen zu lassen. Es scheint mir sehr krank zu sein, das Kind. Aber ich will Sie nicht aufhalten, Herr Ragaine.«

»Wir wollen den Weg zusammen machen, Herr Thorel, steigen Sie nur zu mir ein.«

»Aber meine Stiefel sind sehr schmutzig, Herr Ragaine.«

»O, das macht nichts, steigen Sie ein, Herr Thorel.«

»Na also, wenn Sie so freundlich sind, mit bestem Dank, Herr Ragaine.«

Ein Bauer erschien in schnellem Gang an der Biegung des Weges.

»Schau, schau, da ist ja Pitaut selber!« schrie Thorel, der schon einen Fuß auf das Trittbrett des Wagens gesetzt hatte. »He, Herr Pitaut! Guten Tag, Herr Pitaut!«

»Guten Tag, Herr Thorel, und der andere Herr,« sagte der Pächter, der stehen geblieben war, und zog respektvoll die Mütze.

»Na also, wie geht's unserer Kuh?« fragte der Thierarzt.

»Sie sind sehr liebenswürdig, Herr Thorel, sie ist heute morgens verendet. Mein Gott ja! Es dauerte nicht länger, als wenn man eine neue Daube in ein Faß einfügt. Und dann war's vorbei! Ich wollte eben zu Ihnen gehen und Ihnen sagen, Sie möchten sich nicht mehr bemühen. Sie ist hin, jawohl!«

Er machte eine zornige Bewegung. »Hab' ich ein Unglück! Vor drei Jahren hab' ich zwei Füllen und ein Kalb verloren. Voriges Jahr ging uns eine Stute zugrunde, die eben werfen sollte. Ein andermal wieder, ich weiß heute noch nicht, wie das geschehen ist, sind mir alle Hennen umgekommen. Und jetzt ist es wieder eine Kuh, eine schöne Kuh, eine sehr gute Kuh! Es gibt keinen lieben Gott, Herr Thorel, gewiß nicht! Wir haben ein blindes Schicksal über uns, ein blindes Schicksal! Das wird man mir nicht ausreden, daß wir ein blindes Schicksal haben!«

Pitaut stampfte mit dem Fuß auf die Erde und raufte sich das Haar.

»Das geht sehr stark ins Geld, alle diese Verluste, sehr stark ins Geld! Und auch das Getreide verkauft sich nicht recht, die Äpfel werfen fast gar nichts ab. Und die Trockenheit, die jetzt herrscht, schadet auch dem Fleisch. Das macht sehr viel Geld aus! Herrgott, Herrgott, wer hat uns das alles zugefügt!«

»Und das Kind?« fragte Herr Ragaine.

Pitaut sah den Doktor an, als ob er ihn nicht verstanden hätte.

»Wie sagen Sie?« fragte er.

»Das kranke Kind, zu dem ich geholt wurde, wie geht es ihm?«

»Ist das vielleicht unser kleiner Bub, von dem Sie reden?«

»Allerdings.«

»Ach ja, der ist auch gestorben....«

Der Gutsbesitzer.

Herr Lechat erwartete mich auf dem Bahnhof. »Ah, endlich, da sind Sie!« schrie er, »Das ist recht.«

»Sie sehen,« sagte ich, »daß ich Wort halte.«

»Bravo! Ich liebe es, wenn man Wort hält. Hierher! Und Ihr Billet? Geben Sie mir Ihr Billet. Vorwärts, steigen wir rasch in den Wagen! Haben Sie Gepäck? Nein, um so besser!«

Herr Lechat faßte mich an einem Flügel meines Überziehers, lief mit mir quer durch den Bahnhof und zog mich so bis zu seiner Victoria, welche mit anderen Wagen auf einem kleinen, mit Akazien bepflanzten Platze stand.

»Steigen Sie ein, steigen Sie ein, Sapristi!« rief er mir zu.

Und zum Kutscher gewendet befahl er: »Du, fahr zu, aber tüchtig! Du weißt, wenn mir einer dieser Schwachköpfe vorfährt, so schmeiß' ich dich hinaus? Zum Schloß, schnell!«

Die Pferde stampften, tänzelten einen Moment auf ihren schlanken Beinen, schnellten die Köpfe in die Höhe und dann flog der Wagen über die Straße hin.

Herr Lechat kniete auf den Kissen und beobachtete, über den Wagenrand gebeugt, aufmerksam die anderen Wagen, welche, einer nach dem anderen, in kleinen Staubwolken hinter uns herkamen.

»Achtung!« sagte er von Zeit zu Zeit zum Kutscher, »Achtung, in Dreiteufels Namen!«

Aber wir fuhren in gestrecktem Galopp; rechts und links schien die Landschaft in tollem Lauf dahinzueilen. Nach einigen Minuten erschienen die anderen Wagen nur noch als kleine, graue Punkte auf der weißen Fläche der Landstraße und selbst die grauen Punkte verschwanden nach und nach.

Herr Lechat setzte sich beruhigt nieder und stieß einen Seufzer der Erleichterung aus.

»Ich will nicht, daß man mir vorfährt,« erklärte er und legte seine breite Hand auf mein Knie. »Ich will es nicht, verstehen Sie das?«

»Meiner Treu,« sagte ich »das versteh' ich!«

»Ah, Sie sind aufrichtig, Sie! Bravo, ich liebe es, wenn man aufrichtig ist! Freilich, da sind zwei oder drei Krautjunker, die nicht einmal zwanzigtausend Franks Rente haben, und die möchten mit meinen Rennern konkurrieren! Schau einmal – du erlaubst doch, nicht wahr? – Schau einmal meine Renner an! Achtzehntausend Franks, mein Lieber, achtzehntausend!«

Er wandte nochmals den Kopf um und da er nichts mehr auf der Landstraße bemerkte, befahl er dem Kutscher, die Pferde langsamer gehen zu lassen. Herr Lechat drückte mein Knie sehr kräftig und begann wieder:

»Hör zu, laß dir erzählen: Vorgestern – aber du bist nicht bös, daß ich dich duze?«

»Keineswegs, im Gegenteil.«

»Bravo, ich liebe es, wenn man sich duzt! Vorgestern fuhr ich von Saint-Gauburge durch den Wald zurück. Der Weg ist eng und hat nur für einen Wagen Platz. Was bemerke ich vierzig Schritte vor mir? Den Herzog von la Ferté. Ein großer Esel! Ich will nicht, daß mir jemand vorfährt, besonders nicht dieser große Esel von einem Herzog. Ich sag also zum Kutscher: Fahr vor, zum Henker! – Es ist kein Platz, antwortet der Kutscher. – So renn' ihn an, und schmeiß' mir den Herzog, den Wagen und die Pferde in den Graben! Ah, das war lustig. Der Kutscher läßt den Pferden die Zügel schießen – krach! Da liegt der Herzog auf der einen Seite, ich auf der andern und der Kutscher zehn Meter weit im Gebüsch. Das war eine Verwirrung! Aber ich verliere den Kopf nicht. Schnell spring' ich auf die Füße, mache die Pferde frei, heb' den Wagen auf und fahre fort, während der Herzog liegen bleibt, alle Viere in der Luft. Ha, ha, ha! So behandle ich sie, diese Herzoge! Na, was sagst du dazu ?«

»Das ist großartig!«

»Nicht wahr? Teufel, das ist nur recht so! Ich habe fünfzehn Millionen, und was hat der Herzog? Kaum zwei armselige Millionen! Und die Schafe, du mußt sehen, wie ich die Schafe überfahre! Ich habe auch schon Rinder überfahren, Rinder von armen Leuten. Was liegt daran? Ich bezahle!«

Herr Lechat rieb sich die Hände.

»Auf diese Art,« fragte ich »müssen Sie ja recht beliebt sein, in Ihrer Gegend?«

»Und ob ich beliebt bin! Du wirst das bei den Wahlen sehen, mein Lieber. Weißt du, wie man mich nennt?« fügte er, sich brüstend, hinzu. »Man nennt mich den Tiger. Das ist fesch, was? Den Tigerrr!«

Und einige Minuten lang versuchte er mit aufgerissenen Augen und geöffneten Lippen, den schwachen Schnurrbart sträubend, eine wütende Tigerkatze auf groteske Weise zu kopieren. Dann sagte er plötzlich zu mir:

»Alles was du da siehst, rechts, links, vor dir, hinter dir, alle diese Felder, alle Häuser, alle Wiesen und drüben diese Wälder, alles das gehört mir. Und dabei siehst du noch gar nichts. Meine Besitzungen erstrecken sich über drei Kreishauptstädte und vierzehn Gemeinden. Ich habe sechshundertsiebenundsiebzig Felder. Übrigens wirst du alles das auf meinem Plan sehen, in der Halle meines Schlosses. Man braucht zweiundzwanzig Stunden, um rings um meine Besitzung herumzufahren, zweiundzwanzig Stunden! Wegen der Umwege nämlich. Du wirst das alles auf dem Plan sehen, es ist großartig! Du wirst auch meine Kühe sehen, meine siebenundfünfzig Kühe, und meine hundertundachtzig normannischen Ochsen, auch meine Fischteiche. Mit einem Wort, du wirst dir alles anschauen. Ah, du wirst dich nicht langweilen!«

Er warf sich auf die Lehne des Wagens zurück, streckte die Beine vor, verschränkte die Arme und betrachtete mit einem seligen Lächeln seine Felder, seine Wiesen, seine Wälder, seine Häuser, die nacheinander an uns vorbeiflogen. Einige Bauern, die uns vorüberfahren sahen, hoben den Kopf, hielten in der Arbeit inne und grüßten sehr devot; aber Lechat achtete gar nicht darauf.

»Sie grüßen niemals?« sagte ich.

»Diese Leute da?« antwortete er mit Verachtung und zuckte die Achseln. »Sehen Sie, *das* tue ich für sie.« Und mit einem Faustschlag trieb er seinen Hut auf dem Kopfe ein und miaute wild.

Klein, lebhaft, sehr häßlich, verschmitzte Augen und ein ordinärer Mund, – das war das Exterieur des Herrn Théodule Henri Joseph Lechat von der alten Firma Lechat und Co., »Leder und Felle«, renommiert in ganz Westfrankreich. Zur Zeit des Krieges hatte Lechat die geniale Idee gehabt, für die Armee Leder zu fabrizieren – aus Pappendeckel, Lumpen und altem Zunder. Das Resultat war, daß er sich um 1872 von den Geschäften zurückzog, mit dem Kreuz der Ehrenlegion und fünfzehn Millionen Vermögen. Er kaufte die Herrschaft Vauperdu, um sich, wie er stolz sagte, ganz der Landwirtschaft zu widmen.

Die Herrschaft Vauperdu ist eine der schönsten, die es in der Normandie gibt. Außer dem Schloß, einem imposanten Dokument der Baukunst des sechzehnten Jahrhunderts, und den beträchtlichen Flächen von Wald, Weideplätzen und Ackerland, die es umgeben, umfaßt die Besitzung zwanzig Pachthöfe, fünf Mühlen, zwei Forste und ausgedehnte Wiesen. Das ganze wirft einen jährlichen Ertrag von rund viermalhundertfünfzigtausend Franks ab. Nach dem Verkauf seiner Gerbereien und Lederfabriken machte sich Lechat mit seiner Frau in Vauperdu ansässig – mit seiner Frau, die er noch als armer Arbeiter geheiratet hatte, was ihm jetzt furchtbar leid tat. Frau Lechat fehlte es ebenso, wie ihrem Gatten, an Eleganz, Orthographie und gesellschaftlichem Schliff; aber unter der Seidenrobe und dem Modehut, die sie ziemlich ungeschickt trug, war sie die einfache, ehrliche und vernünftige Bäuerin von ehedem geblieben. Lechat, der sich so plötzlich vom Gerber in einen Landwirt verwandelt hatte, ärgerte sich, trotz seiner extrem republikanischen Alluren sehr über die soziale Minderwertigkeit seiner Frau, und es verstimmte ihn, daß sie allzusehr die niedrige Geburt und die Parvenü-Herkunft merken ließ.

Es ist nicht möglich, in irgend einer Gegend einen Grundbesitz zu haben, der viermalhundertfünfzigtausend Franks Rente abwirft, ohne dort zu einer Art Berühmtheit zu werden. Lechat war infolge dessen die bekannteste Persönlichkeit der Umgebung, weil er dort der Reichste war, und es verging wohl keine Minute, ohne daß man, auf zehn Meilen in der Runde, von ihm sprach. Man sagte: »Reich, wie Lechat.« Der Name Lechat diente zu hyperbolischen Vergleichen, zum obligaten Cliché für die Bezeichnung ungeheuerlicher Reichtümer. Lechat entthronte Krösus und nahm die Stelle des Marquis de Carrabas ein. Aber beliebt war er keineswegs, und obwohl die Bauern sich befleißten, ihn ehrerbietigst zu grüßen, machten sie sich doch hinter seinem Rücken über ihn lustig, denn er war grob, sekant, exzentrisch, prahlsüchtig und sehr arrogant; sein familiäres Benehmen und seine gemütlichen Alluren täuschten niemanden. Er hatte eine lärmende und ungeschickte Art, Wohltätigkeit zu üben, welche die Dankbarkeit verstummen ließ; seine Liebeswerke, die nicht imstande waren, den häßlichen Egoismus des Parvenüs zu verdecken, erfüllten die Seelen der Armen mit Haß statt mit Frieden, so sehr kamen sie fortgesetzten Verhöhnungen ihres Elends gleich. Er hatte übrigens dreimal bei den Wahlen kandidiert und hatte dreimal, trotz der Unsumme Geldes, die er darauf verschwendete, nur zirka dreihundert Stimmen von fünfundzwanzigtausend erhalten können. Das waren die Informationen, die ich über Herrn Lechat erhalten hatte, dessen Name in jener Gegend in allen Gesprächen unaufhörlich wiederkehrte.

Eines Tages war ich ihm zufällig begegnet. An jenem Tage ließ mich Lechat nicht mehr los und überhäufte mich mit seinen plumpen Aufmerksamkeiten. Er lud mich nach Vauperdu ein, wo er mir seine landwirtschaftlichen Erfolge zeigen wollte. Da ich Menschenscheu, Hang zur Einsamkeit, Überhäufung mit Arbeit vorschützte, sagte er, mir auf die Schulter klopfend:

»Paperlapapp! Ich sehe schon, was der eigentliche Grund ist. Sie können mir meine Gastfreundschaft nicht mit gleichem vergelten, was? Na, wenn es nichts anderes ist, was Sie stört, so können Sie sich ja einmal revanchieren, indem Sie was über mich in die Zeitung schreiben!«

Dieser Beweis delikatesten Taktes des Herrn Lechat hatte alle meine Bedenken besiegt.

Der Wagen rollte über eine breite Allee prachtvoller Buchen. An ihrem Ende sah man, von der Sonne bestrahlt, das Schloß Vauperdu mit seinen spitzen Dächern und wappengeschmückten Zinnen, mit seiner schönen Façade aus weißem Stein und rosafarbenen Ziegeln.

»Da sind wir nun, mein Lieber,« rief Herr Lechat. »Na also, was sagst du wohl, wie das aussieht, so auf den ersten Blick?«

II.

Ein alter, graubärtiger, gebeugter Mann ging hüstelnd, die Hände auf dem Rücken, auf der Zufahrtsrampe auf und ab. Er stürzte uns entgegen und half dienstfertig Herrn Lechat aus dem Wagen.

»Nun, alter la Fontenelle, hast du den Tierarzt geholt wegen der Kuh?«

»Ja, Herr Lechat.«

»Vor allem nimm deinen Hut ab! Ist das in deinen Kreisen üblich, daß man die Dienstboten lehrt, mit bedecktem Kopf zu ihrem Herrn zu sprechen? So ist's recht.... Nun, was hat der Tierarzt gesagt?«

»Er hat gesagt, daß man die Kuh vernichten muß, Herr Lechat.«

»Er ist ein Trottel, dein Tierarzt. Eine Kuh vernichten, die fünfhundert Franks gekostet hat! Du wirst so gut sein, mein lieber la Fontenelle, und wirst die Kuh selber, hörst du? selber zum Bader von Saint-Michel führen. Und zwar sofort. Vorwärts, hoppla, Herr Graf!«

Der alte Mann grüßte und entfernte sich. Da rief ihn Lechat mit einem Pfiff zurück, wie man die Hunde ruft.

»Ich erlaube dir schon,« sagte er, »daß du deinen Hut wieder aufsetzt und selbst deine Krone, wenn du sie nicht mit dem übrigen Plunder verkauft hast. Jetzt fahr' ab!«

Und dieser Spaßvogel von Lechat erklärte mir, daß der alte Mann sein Verwalter sei und eigentlich Graf von la Fontenelle heiße; er habe ihn aus dem tiefsten Elend und der bittersten Armut zu sich genommen, um ihn vor Not zu schützen.

»Ja, mein Lieber,« schloß er, »das ist ein Adeliger, ein Graf! Da siehst du, was ich aus diesen Grafen mache! Ha, der Adel kann bei mir etwas erleben! Und doch verdankt er mir seine Existenz, dieser Grandseigneur, was? ... Komm hinein.«

Das Vestibule war ungeheuer groß: Eine prächtige Treppe, geschmückt mit einer Balustrade aus Eichenholz, führte in die oberen

Stockwerke hinauf. Türen öffneten sich auf weite Zimmerfluchten, in denen man Möbel, mit Schutzdecken überzogen, und Lüster, von Gazestoff umhüllt, sehen konnte. Gegenüber der Eingangstür bedeckte der Plan der Besitzung, eine riesige, in grellen Farben gezeichnete Karte, die ganze Wandfläche.

»Siehst du,« sagte mir Lechat, »das ist mein Plan. Meine Felder, meine Forste, da siehst du sie, als ob du darin spazieren gingest. Diese roten Quadrate da, das sind meine zwanzig Pachthöfe. Vertreib' dir die Zeit mit dem Anschauen, inzwischen will ich meine Frau benachrichtigen. Genier' dich nicht, weißt du, schau' dir alles an. Willst du deinen Hut ablegen? Dorten rechts ist der Kleiderständer. Genier' dich nicht! .... Hör' einmal, du mußt dir nicht einbilden, daß meine Frau so ist, wie die Pariser Damen. Ich mache dich aufmerksam, daß sie eine Bäuerin ist und nicht viel Umgang hat. Sie schadet mir sehr damit, nein, es ist schrecklich, wie sie mir schadet! Na, jetzt ist's schon einmal geschehen. Siehst du das Schwarze da? Das ist meine Brennerei. Willst du dich setzen? Genier' dich nicht!«

Ringsherum waren wenig Möbel: große Mahogonischränke, Tische, Rohrstühle, kleine Ledersessel und einige Jagdgemälde. Aber auf den Schranken, auf den Tischen, über den Bildern, überall waren ausgestopfte Vögel in theatralischen Posen angebracht. Um den Hals hatten sie kupferne Täfelchen mit eingravierten Inschriften, wie zum Beispiel:

Königs-Reiher
erlegt von
Herrn Théodule Lechat,
Besitzer der Herrschaft Vauperdu,
Auf seiner Wiese in Valdieu
Am 25. September 1880.

Ich bemerkte auch in einer marmornen Jardinière, am Fuße eines großen Spiegels, Holzschuhe, Pantoffel, Galoschen und einen ganzen Wirrwarr bizarrer und häßlicher Dinge.

Lechat kam gleich mit seiner Frau zurück. Sie war eine kleine, dicke, freundlich lächelnde Person, die schon mehr rollte, als sie ging. Ihre Augen waren nicht ohne Klugheit und Offenherzigkeit. Sie trug eine riesige Haube, mit ganzen Büscheln von Blumen, und die breiten Bänder wehten an ihren Schultern wie Flügeln. Frau Lechat machte zwei Knickse und sagte mir mit etwas heiserer Stimme:

»Sehr liebenswürdig, mein Herr, sehr liebenswürdig, daß Sie uns besucht haben. Lechat hat Ihnen wahrscheinlich einen Haufen Geschichten erzählt, nicht wahr? Aber Sie müssen nicht darauf achtgeben, was er sagt. Es gibt keinen größeren Aufschneider, keinen größeren Spaßvogel. Das schadet ihm, wenn man ihn nicht kennt, denn im Grunde ist er viel weniger schlecht, als er scheint. Es ist seine Manie, so ins Blaue hineinzureden. Mein Gott, er weiß nicht mehr, was er alles erfinden soll. Wenn es ihn packt, da legt er los und hört nicht mehr auf.«

Lechat schüttelte den Kopf, zuckte die Achseln und sah mich augenzwickernd an, ohne Zweifel, um mir anzudeuten, daß ich auf das Geschwätz seiner Frau nicht hören sollte.

»Sie haben da,« sagte ich zu Frau Lechat, um die Konversation auf ein anderes Gebiet zu lenken, »Sie haben da eine herrliche Besitzung.«

Frau Lechat seufzte.

»Das ist zu groß, wissen Sie. Ich kann mich nicht an so große Gebäude gewöhnen. Man verliert sich darin. Und dann, das kostet soviel Geld, sehen Sie. Lechat hat sich's in den Kopf gesetzt, Landwirtschaft zu treiben, aber er persönlich will nichts angreifen. Da kommen alle Tage neue Erfindungen, Dampfmaschinen, Experimente. Ah, das Geld fliegt nur so weg bei alledem, es ist gar nicht zum sagen. Ich weiß wohl, daß das Getreide nicht gut geht, die Leute wollen es nicht kaufen, und es ist gar nicht vorteilhaft, es anzubauen. Aber da bildet sich Lechat ein, anstatt dessen Reis auszusäen! Er sagt: Das wächst ganz gut in China, warum soll es nicht auch bei mir wachsen? Natürlich ist das absolut nicht gewachsen! Und mit allem ist es dieselbe Sache.«

Ein Diener trat ein.

»Na also, mein Junge, ist das Dejeuner fertig?« fragte sie.

Sie wandte sich sofort wieder zu mir und sagte: »Sie müssen Hunger haben, da Sie seit heute morgens unterwegs sind. Weiß Gott, bei uns, da ißt man, was einem Gott beschert – wie sich's gerade trifft! Wenn man reich ist, so ist das noch kein Grund, nur Trüffeln zu essen und alles aufs Essen hinauszuwerfen. Gehen wir speisen! Sag' einmal, unser Gast trinkt doch Apfelwein?«

»Gewiß trinkt er Apfelwein!« bestätigte Lechat mit Entschiedenheit und zog mich in den Speisesaal, indem er mir ganz leise ins Ohr flüsterte:

»Gieb nicht acht auf die Gute, sie hat keine Lebensart. Wie sie mir damit schadet!«

Das Dejeuner war greulich. Es setzte sich eigentlich nur aus sonderbar hergerichteten Resten zusammen. Mir fiel besonders ein Gericht auf, bestehend aus kleinen Stücken einstmals gebratenen Rindfleisches, Kalbfleisch, das früher in Sauce gewesen war, Hühnern, die aus irgend einem alten Frikassé stammen mußten. Das alles schwamm in einem Tümpel von Sauerampfersauce, die mir schon das Äußerste an unqualifizierbarem Gebräu zu sein schien. Fünf oder sechs fast schon geleerte Weinflaschen standen auf dem Tisch vor Lechat, der sie von Zeit zu Zeit in mein Glas austropfen ließ. Dabei betonte er jedesmal ausdrücklich, daß er seinen feinen Wein nur am Sonntag entkorke und an Wochentagen ausschließlich dann, wenn Gesellschaft da sei.

Betäubt von dem, was ich seit einer Stunde hörte und sah, wußte ich wahrhaftig nicht, welche Haltung ich einnehmen sollte. Vor diesen zwei armseligen Leuten, welche infolge einer aufreizenden Ironie des Schicksals sich in den Millionenreichtum verirrt hatten, ergriff mich eine große Melancholie, und gleichzeitig stieg mir der Ekel vor dem bösartigen und unreinlichen Reichtum auf. Dazu kam noch das bittere Gefühl der Sinnlosigkeit alles Strebens nach menschlicher Gerechtigkeit, der Sinnlosigkeit des Fortschrittes und der sozialen Revolutionen, die kein anderes Resultat hatten, als: Lechat, und die fünfzehn Millionen von Lechat! Also darum, daß sich Lechat stumpfsinnig in dem gestohlenen, unreinen Gold wälzen könne, darum haben die Menschen jahrhundertelang Ideen in alle Winde gestreut, darum fiel blutiger Tau von den hohen Schaffotten auf die alte, erschöpfte, unfruchtbare Erde nieder! Und durch das offene Fenster des Speisesaales, das die Fernsicht der sanft gewellten Rasen und die dunkle Masse der Wälder wie ein Bild umrahmte, glaubte ich von allen Punkten des Horizontes lange Züge von Verfluchten, Elenden und Enterbten herankommen zu sehen, die sich an den Mauern des Schlosses Vauperdu die Glieder zerbrachen und den Schädel zerschmetterten. Ich blieb schweigsam, kein Wort kam über meine Lippen.

Plötzlich schrie Lechat:

»Wenn ich Deputierter bin! ... Ja, wenn ich Deputierter bin!« Er ließ diesen Gedanken ausklingen, indem er die Gabel über dem Kopfe schwang. Seine Frau sah ihn bedauernd an und zuckte wiederholt die Achseln.

»Wenn du Deputierter bist!« wiederholte sie. »Du und Deputierter! Ja freilich, Deputierter! Da bist du viel zu dumm dazu.«

Sie rief mich als Zeugen an.

»Ich frage Sie, Herr ....., ist es vernünftig, solche Sachen zu reden? Wie sie ihn da sehen, hat er dreimal kandidiert. Und dreimal hat er nicht mehr als dreihundert Stimmen bekommen können. Ich würde mich an seiner Stelle schämen, gewiß! Und wissen Sie, was diese dreihundert Stimmen uns gekostet haben? Sechsmalhunderttausend Franks, lieber Herr, so wahr als diese Flasche hier steht! Oh, ich habe alles ausgerechnet! Sechsmalhunderttausend Franks und keinen Sou weniger! Das heißt also, jede Stimme kostet uns durchschnittlich zweitausend Franks. Und er will noch immer kandidieren! Sehen Sie, Sie würden gewiß nicht draufkommen, was er bei der letzten Feier des 14. Juli als sogenannte patriotische Manifestation ausgeheckt hat. Also, er ließ alle Baumstämme der Avenue in den Farben der Trikolore bemalen!«

Lechat lächelte, rieb sich die Hände, schien ganz glücklich darüber zu sein, daß man von einer seiner Großtaten erzählte, einer jener erhabenen Ideen, wie sie zeitweilig seinem Kopfe entsprangen. Er sah mich an, als wollte er in meinen Blicken begeisterte Zustimmung lesen.

»Das war ein Streich, was?« sagte er zu mir. »Aber was verstehen Frauen davon, wie man dem Volke als Beispiel vorangehen muß. Hör' einmal, mein Lieber, diesmal dringe ich durch, und das darf mich keinen Centime kosten. Ich habe einen Kriegsplan, du wirst schon sehen! Ich kandidiere als landwirtschaftlicher Sozialist, als Mann der radikalen Landwirtschaft. Keine Armee, keine Justiz, keine Steuereinnehmer, das blas' ich alles weg! Keine Armen mehr, alle sind Besitzende! Du wirst ja mein Programm sehen, später, wenn die Wahlen kommen! Das wird aber den Geistlichen in die Nase steigen! Es gibt natürlich auch keine Geistlichen mehr, das hätte ich beinahe vergessen. Denn die haben, mich verhindert, durchzudringen, weil ich ein Freidenker bin, ich, weil ich ihren lieben Gott nicht fresse! Ah, über meine Taktik werden sie nicht lachen, die Pfaffen!«

Bei diesem Wort geriet Madame Lechat in Zorn, und schrie:

»Schweig! Ich verbiete dir, die Priester so zu nennen und in meiner Gegenwart über die Religion zu schimpfen! Mein Gott, er ist ja ärger als ein kleines Kind! Glauben Sie nicht, Herr ..., daß er irreligiös ist, aber wenn er eine Gesellschaft hat, da überkommt es ihn, da muß er groß tun. Aber wenn ihm das Geringste wehtut, dann ist er gleich außer sich, und schnell, schnell muß der Priester kommen. Wenn es nach ihm ginge, wäre der arme Pfarrer fortwährend bei uns, um ihn zu versehen.«

Um die Verlegenheit über die Vorwürfe seiner Frau zu verbergen, trommelte Lechat auf den Rand seines Tellers, verfolgte eine Fliege am Plafond und pfiff nachlässig vor sich hin. Dann räusperte er sich und schlug plötzlich ein anderes Thema an.

»Schade,« sagte er mir, »daß du nicht vor vierzehn Tagen aufs Schloß gekommen bist. Da habe ich Cancan getanzt. Das hättest du sehen sollen, wie ich Cancan tanze! Wie in Paris, mein Lieber!«

Und er wackelte auf seinem Sessel hin und her, und warf seine Arme in grotesken Bewegungen nach vorne.

»Ah, du hast's notwendig, dir darauf noch was zugute zu tun!« seufzte Frau Lechat. »Denn du mit deinem Cancan bist schuld daran, daß wir unsere Hemden nicht haben. Urteilen Sie selbst, Herr .... Jeden Monat empfangen wir die Herrschaften aus der Stadt. Sehr liebenswürdige Herren und ihre Damen. Besonders Herr Gatinel, der Hypothekenamtsvorsteher, ist sehr lustig. Das muß man sagen, er weiß eine Gesellschaft zu unterhalten. Stellen Sie sich vor, er spielt Klavier mit den Füßen, mit der Nase, mit allem Möglichen, und er spielt es sehr gut. Ich amüsiere mich sehr über Gatinel, und alles, was er sagt, ist so komisch! Also vor vierzehn Tagen waren die Herren mit ihren Damen wieder da. Nach dem Diner begann man zu tanzen – das war so eine Idee, die plötzlich auftauchte. Es war sehr heiß, wenn Sie sich noch erinnern, und, weiß Gott, die Leute schwitzten, – das war schon schrecklich anzusehen, wie sie schwitzten! Man hatte zwar die Fenster aufgemacht, aber es ging ein heftiger Sturm draußen. Und dann war es auch wegen des Tanzens. Das war übrigens sehr nett. Wenn man sich gut unterhält, nicht wahr, so fliegt die Zeit nur so hin und man vergißt auf alles. Wir hatten auch richtig auf die Abfahrt des Zuges vergessen. Ich dachte mir: mein Gott, jetzt muß man allen diesen Leuten hier Nachtquartier geben, das ist keine Kleinigkeit. Wenn man auch viele Zimmer hat, so ist oft nicht genug Bettwäsche da, und Bettwäsche für sechzehn Personen, das kann einem Kopfzerbrechen machen! Aber schließlich gelang es schlecht und recht, die Leute unterzubringen. Nur, stellen Sie sich vor, das war noch nicht alles. Man brauchte auch Hemden für alle diese Menschen, denn ihre eigenen Hemden waren wirklich so naß, so naß, daß man hätte glauben können, sie kämen gerade aus der Wäsche. Lechat lieh also den Herren von den seinigen, ich den Damen von den meinigen. Die ihrigen ließ ich über Nacht in der Ofenröhre trocknen und dachte mir, sie würden sie am nächsten Tag wieder anziehen können. Am nächsten Tag waren die Hemden auch richtig trocken; aber schmutzig, das hätten Sie sehen sollen, schmutzig und ganz zerknittert, wahre Fetzen! Es war undenkbar, undenkbar ...! Also lieh Lechat den Herren wieder Taghemden, und nun reiste die Gesellschaft in bester Stimmung ab. Nun also, mein lieber Herr, seitdem sind vierzehn Tage verflossen, und sie behalten uns noch immer unsere Hemden zurück! Sagen Sie, was Sie wollen, ich für meinen Teil finde das undelikat. Wenn man auch noch so gut mit Weißwäsche versehen ist, so machen doch sechzehn Hemden etwas aus in einer Ausstattung ...«

Das Dejeuner war zu Ende, die Tafel wurde aufgehoben. Lechat ergriff meinen Arm und zog mich mit sich fort, um mir, wie er sagte, seinen landwirtschaftlichen Betrieb zu zeigen. Wir machten uns also auf den Weg.

Von der Gegenwart seiner Frau befreit, zeigte sich Lechat wieder heiter, lebhaft, geschwätzig und prahlerischer als je. Er bat mich inständigst, nicht ein Wort von dem zu glauben, was sie während des Dejeuners erzählt hatte, und versicherte mir auf Ehrenwort, daß er Freidenker sei, weder an Gott noch an den Teufel glaube, und daß ihm trotz seiner sozialistischen Gesinnung das Volk im Grunde herzlich gleichgültig sei. Er vertraute mir auch an, daß er in der Stadt eine Maitresse habe, die ihn sehr viel Geld koste, und daß alle schönen Mädchen der Gegend in ihn verrückt seien.

»Oh, die arme Frau,« schloß er »wie ich sie betrüge! Wie ich die Frauen alle betrüge!«

Wir besuchten die Hürden, die Stallungen, den Hühnerhof, er erließ mir keine Kuh und keine Henne, nannte mir den Namen jedes Tieres, seinen Preis, seine Hauptvorzüge. Als wir durch den Park gingen, hatte er die Güte, mir mitzuteilen, daß er zwölftausend hochstämmige Eichen, sechsunddreißigtausend Tannen und fünfundzwanzigtausendneunhundertzweiundsiebzig Buchen besitze. Kastanien aber hatte er so viel, daß er ihre genaue Ziffer unmöglich wissen konnte. Endlich kamen wir auf das freie Feld hinaus.

Eine große Ebene dehnte sich vor uns hin, kahl, ohne Grashalm, ohne Baum. Die Erde, so glatt wie eine Straße, war sorgfältig geeggt und mit der Walze wieder geebnet worden. Der Wind wirbelte auf ihr Staubwolken empor, die sich in gelblichen Spiralen drehten und in der Sonne zerflatterten. Ich war erstaunt, mitten im August kein Kornfeld und keinen Kleeacker zu sehen.

»Das sind meine Reservefelder,« sagte mir Lechat. »Ich will dir das erklären. Verstehst du, ich bin kein gewöhnlicher Ackerbauer, ich bin ein Agronom. Begreifst du den Unterschied? Das will sagen, ich betreibe die Landwirtschaft als intelligenter Mensch, als Denker, als Ökonom, und nicht als Bauer. Nun also: Ich habe bemerkt, daß alle Leute Getreide, Gerste, Hafer, Runkelrüben anbauen. Was für ein Verdienst ist da dabei und schließlich, unter uns, was bringt es ein? Und dann, das Getreide, die Runkelrüben, Gerste, Hafer, das ist alles ganz veraltet und abgebraucht. Man muß etwas anderes finden. Der Fortschritt ist unaufhaltsam, und wenn alle anderen zurückbleiben, so ist das noch kein Grund, daß ich, Lechat, Schloßherr von Vauperdu, Besitzer von fünfzehn Millionen, sozialistischer Agronom, auch zurückbleibe. Man muß mit seiner Zeit gehen, Donnerwetter! Da habe ich denn eine neue Art der Bebauung eingeführt; ich säe Reis, Tee, Kaffee, Zuckerrohr. Welche Umwälzung!

Bist du dir auch klar über alle Konsequenzen? Mir scheint, du begreifst es nicht. Mit meinem System mache ich die Kolonien ganz überflüssig, und gleichzeitig schaffe ich den Krieg aus der Welt! Du bist starr, was? Dir wäre so etwas nie eingefallen? Man braucht nicht mehr ans Ende der Welt zu laufen, um diese Produkte zu holen. Von nun ab findet man sie bei mir. Vauperdu, das sind unsere wahren Kolonien! Da ist Indien, da ist China, Afrika, Tonking! Allerdings, das muß ich gestehen, es wächst noch nichts. Nein. Man sagt mir, das Klima taugt nicht. Geschwätz! Das Klima hat mit der Sache nichts zu tun. Der Dünger ist es, darin liegt alles! Ich brauche einen neuen Dünger und ich suche ihn. Ich habe einen Chemiker engagirt, für den ich drüben hinter dem Wald einen Pavillon und ein Laboratorium bauen ließ; der sucht nun schon seit drei Jahren. Er hat noch nichts gefunden, aber er wird finden. Also alles, was du da siehst, ist Reis, lauter Reis. Aber ich glaube eins: nämlich, daß die Vögel der Getreidekörner, die sie schon seit so langer Zeit fressen, überdrüssig sind, und sich auf den Reis geworfen und kein einziges Korn davon übrig gelassen haben. Das glaube ich. Darum lasse ich sie auch alle umbringen. Schau dich nur um, es gibt keinen Vogel mehr auf meiner Besitzung. Ich war schlau, ich zahle zwei Sous für einen getöteten Spatzen, drei Sous für einen Grünling, fünf Sous für eine Grasmücke, zehn Sous für eine Nachtigall, fünfzehn Sous für einen Finken. Im Frühjahr gebe ich zwanzig Sous für ein Nest mit den Eiern. Sie werden mir von zehn Meilen ringsum und weiter hergebracht. Wenn das sich so herumredet, werde ich in ein paar Jahren alle Vögel Frankreichs vernichtet haben. Komm' weiter, ich will dir jetzt etwas Merkwürdiges zeigen.«

Er ging, seinen Spazierstock in der Luft herumwirbelnd, mit großen Schritten, durch die Reisfelder, bückte sich manchmal, um einen Halm auszureißen, warf ihn wieder weg, nachdem er ihn besehen hatte, und sagte: »Nein, das ist Gras.«

Nach einem Marsch von einer Stunde auf der staubigen heißen Erde kamen wir vor ein großes sattgrünes Feld, das vom Rande der Landstraße her bis zum Waldessaume sanft anstieg. Ich blieb erstarrt stehen, wie die Personen in den klassischen Tragödien. Von dem Grund aus hellerem Schneckenklee hoben sich, in dnnkelvioletten Kleeblüten klar gezeichnet, alle Buchstaben ab, welche zusammen den Namen bildeten: *Théodule Lechat.* Der Name war auf der grünen Fläche nicht nur deutlich lesbar, sondern geradezu lebendig. Ein leichter Wind schaukelte die Spitzen der Pflanzen, warf sie in Wellen, wie flutendes Wasser, vergrößerte, verkleinerte die Buchstaben des Namens je nach seiner Richtung und Stärke. Lechat betrachtete strahlenden Gesichtes seinen Namen, der auf diesem Meer glänzend grüner Blüten zitterte, tanzte, hinundwiederlief. Mit Hochgenuß sah er diesen zauberhaften Namen unter freiem Himmel breit hingeschrieben, unaufhörlich den Blicken der Passanten ausgesetzt, die zweifellos vor diesem Namen stehen blieben, ihn buchstabierten und ihn mit einer Art geheimnisvoller Furcht aussprachen .... Entzückt und begeistert murmelte er, jede Silbe betonend, leise vor sich hin: »Théodule Lechat! Théodule Lechat!«

Strahlend vor Freude und Triumph wandte er sich zu mir und sagte:

»Das ist eine Idee, was? Stelle dir vor, ich ließ einen berühmten Gärtner aus Paris kommen, um das Feld so zu bebauen? denn hier bei uns, das kannst du dir ja vorstellen, ist keiner imstande, so etwas durchzuführen. Das ist schmeichelhaft, was, seinen Namen auf diese Art hingeschrieben zu sehen. Wer das anschaut, sagt sich sofort: Das kann doch wenigstens kein Lumpenkerl sein, der Mensch da. Und dann, wenn ein jeder sein Feld mit seiner Unterschrift versehen wollte, so gäbe es keine Anfechtungen des Grundbesitzes mehr. Ah, ich habe auch andere Ideen, die noch glänzender sind. Komm' einmal da her!«

Wir gingen längs des Kleefeldes hin und kamen durch einen Schlag junger Kastanienbäume in den Wald. Als wir einen breiten Weg erreichten, der wie eine Parkallee gerecht war, kam uns ein armes Weib entgegen, dessen Rücken sich unter der Last eines Reisigbündels bog. Zwei kleine Kinder, barfuß und in Lumpen, begleiteten sie. Lechat wurde purpurrot, eine Flamme der Wut sprühte aus seinen Augen, mit hocherhobenem Stock stürzte er auf die arme Frau los.

»Bettlerin, Diebin,« schrie er, »was machst du hier auf meinem Grund? Ich will nicht, daß man mein Reisig aufklaubt, ich will es nicht, elende Landstreicherin! Vorwärts, wirf das Holz weg! Willst du wohl mein Holz wegwerfen, wenn ich es befehle!«

Er packte das Reisigbündel bei dem Strang, der es zusammenhielt, und riß so heftig daran herum, daß die Frau mitsamt dem Holz auf die Straße hinrollte.

»Und wer hat dir erlaubt, meine Alleen mit deinen schmutzigen Füßen zu betreten, sag'? Glaubst du vielleicht, für dich lasse ich sie rechen, meine Alleen, was? Wirst du antworten, wenn ich zu dir spreche!«

Die Frau, die noch immer auf der Erde lag, wimmerte: »Mein guter Herr, ich tue kein Unrecht gegen Sie. Ich habe immer das Holz zusammengeklaubt. Und aus Barmherzigkeit hat niemand was dagegen gehabt. Wir sind so unglücklich!«

»Niemand hat was dagegen?« erwiderte wütend der Schloßherr und schwang seinen Stock. »Bin ich vielleicht niemand? Ich bin Herr Lechat, verstehst du, Herr Lechat von Vauperdu. Da, du Diebin! Da, du Bettlerin! Da hast du!«

Der Stock fiel ein paarmal auf die alte Holzklauberin nieder, die sich unter Tränen wehrte und um Hilfe schrie, während die kleinen Kinder in ihrem Schreck ohrenzerreißend kreischten. Unter Seufzern und Gestöhne hörte man die Alte sagen:

»Au, au! Sie haben nicht das Recht, mich zu schlagen, Sie schlechter Mensch, Sie! Au, au! Ich werde Sie vom Friedensrichter verurteilen lassen. Au! Au! Ich werde es den Gendarmen sagen ...«

Bei diesem Wort: Gendarmen, hielt Lechat plötzlich inne. Sein blutunterlaufenes Auge nahm einen Ausdruck jähen Schreckens an, sein eben noch purpurn gerötetes Gesicht erbleichte auf einmal. Er zog ein Goldstück aus seinem Portemonnaie und drückte es mit einer fast flehenden Geberde der Alten in die Hand.

»Da sind zwanzig Franks, arme Frau,« sagte er. »Du siehst wohl, zwanzig Franks. Ha, das ist ein schönes Geld, zwanzig Franks, was? Und dann, weißt du, du kannst Holz aufklauben, so viel du willst. Du hast es gesehen, nicht wahr? Es sind zwanzig Franks! Wenn du nichts mehr davon hast, komm' nur zu mir und verlange wieder. Adieu, auf Wiedersehen!«

Wir gingen ins Schloß zurück, ohne miteinander zu sprechen.

Die Stunde der Abreise kam. Als ich in den Wagen stieg, sagte mir Lechat:

»Du hast das alte Weib im Wald gesehen, was? Nun also, ihr Mann, das ist wieder eine Stimme mehr für mich bei den Wahlen. Was willst du haben? Heutzutage muß man wohl das Volk korrumpieren.«

Und mit einem widerlich grinsenden Lächeln, das seine Zähne entblößte, fügte er hinzu:

»Und es prügeln!«

Über tredition

Eigenes Buch veröffentlichen

tredition wurde 2006 in Hamburg gegründet und hat seither mehrere tausend Buchtitel veröffentlicht. Autoren veröffentlichen in wenigen leichten Schritten gedruckte Bücher, e-Books und audio-Books. tredition hat das Ziel, die beste und fairste Veröffentlichungsmöglichkeit für Autoren zu bieten.

tredition wurde mit der Erkenntnis gegründet, dass nur etwa jedes 200. bei Verlagen eingereichte Manuskript veröffentlicht wird. Dabei hat jedes Buch seinen Markt, also seine Leser. tredition sorgt dafür, dass für jedes Buch die Leserschaft auch erreicht wird.

Im einzigartigen Literatur-Netzwerk von tredition bieten zahlreiche Literatur-Partner (das sind Lektoren, Übersetzer, Hörbuchsprecher und Illustratoren) ihre Dienstleistung an, um Manuskripte zu verbessern oder die Vielfalt zu erhöhen. Autoren vereinbaren direkt mit den Literatur-Partnern die Konditionen ihrer Zusammenarbeit und partizipieren gemeinsam am Erfolg des Buches.

Das gesamte Verlagsprogramm von tredition ist bei allen stationären Buchhandlungen und Online-Buchhändlern wie z. B. Amazon erhältlich. e-Books stehen bei den führenden Online-Portalen (z. B. iBookstore von Apple oder Kindle von Amazon) zum Verkauf.

Einfach leicht ein Buch veröffentlichen: **www.tredition.de**

Eigene Buchreihe oder eigenen Verlag gründen

Seit 2009 bietet tredition sein Verlagskonzept auch als sogenanntes "White-Label" an. Das bedeutet, dass andere Unternehmen, Institutionen und Personen risikofrei und unkompliziert selbst zum Herausgeber von Büchern und Buchreihen unter eigener Marke werden können. tredition übernimmt dabei das komplette Herstellungs- und Distributionsrisiko.

Zahlreiche Zeitschriften-, Zeitungs- und Buchverlage, Universitäten, Forschungseinrichtungen u.v.m. nutzen diese Dienstleistung von tredition, um unter eigener Marke ohne Risiko Bücher zu verlegen.

Alle Informationen im Internet: **www.tredition.de/fuer-verlage**

tredition wurde mit mehreren Innovationspreisen ausgezeichnet, u. a. mit dem Webfuture Award und dem Innovationspreis der Buch Digitale.

tredition ist Mitglied im Börsenverein des Deutschen Buchhandels.

Dieses Werk elektronisch lesen

Dieses Werk ist Teil der Gutenberg-DE Edition DVD. Diese enthält das komplette Archiv des Projekt Gutenberg-DE. Die DVD ist im Internet erhältlich auf **http://gutenbergshop.abc.de**

Zeitfracht Medien GmbH
Ferdinand-Jühlke-Straße 7
99095 Erfurt, Deutschland
produktsicherheit@kolibri360.de